나
의
영
국
인
문
기
행

서경식 지음 · 최재혁 옮김

나의 영국 인문 기행

반비

2014년 봄에 나는 이탈리아를 다녀온 후 여행에서 보고, 듣고, 생각했던 것들을 담아 『나의 이탈리아 인문 기행』(반비, 2018년)이라는 책을 펴냈다. 이듬해인 2015년 봄, 이탈리아에서 돌아온 후 피곤이 채 가시기도 전에 다시 영국으로 향했다. 그리고 그곳에서의 이야기를 담아 『나의 영국 인문 기행』을 펴내게 되었다. 이 책에서는 영국으로 떠났던 경위와, 영국 여행에서 얻은 경험과 사색에 관해 이야기해보려고 한다.

나에게 영국은 이탈리아, 프랑스, 독일과 더불어 '서양미술 순례'의 중요한 순례지 가운데 한 곳이다. 처음 영국을 방문했던 1983년 런던의 내셔널 갤러리에서 수많은 명작을 만났다. 그중에서도 나를 사로잡은 작품은 영국 회화보다 특히 플랑드르 회화 컬렉션이었다. 로베르 캉팽Robert Campin(1375경~1444)의 「여인의 초상」은 사랑에 빠졌다고 말할 수 있을 정도로 마음 깊은 곳에 각인되었다. 그 후 35여 년이 지나는 동안 런던을 찾을 때마다 시간을 쪼개서라도 그 '여인'을 만나러 가는 일이 습관이 되었다.

첫 영국 여행에서는 초겨울의 고요한 호수 지방을 찾아가기도 했다. 또 다른 해에는 글래스고에서 스카이 섬까지 북상해 하이랜드를 드라이브하며 그곳의 풍광에 마음을 빼앗겼다. '저세상'이 바로 곁인 듯 느껴져 '죽는다면 이런 곳이 좋겠다.'라고 몇 번이나 생각했던 일이 잊히지 않는다. 다만 하이랜드는 잉글랜드가 아니라 스코틀랜드에 속한다. '영국'이라고 일괄해서 말할 수는 없다.

영국을 찾아갈 때마다 이 땅은 나에게 동경과 반감, 경의와 경멸이 한데 뒤섞인 복잡한 상념을 불러일으켰다. 윌리엄 셰익스피어, 오스카 와일드, 조지 오웰 등 나에게는 우상이라고도 할 법한 수많은 문학가들을 낳은 곳. 언젠가 셰익스피어의 고향 스트랫퍼드 어폰 에이번에서 로열 셰익스피어 컴퍼니의 연극 「베니스의 상인」을 본 적이 있다. 악역임에 마땅한 유대인 고리대금업자 샤일록의 깊은 비애를 부각한 연출에 감탄했다. 물론 연출의 힘이 뒷받침했겠지만, 그러한 연출을 가능케 한 원작의 깊이와 다면성이 없었다면 불가능한 일이다.(이 점을 포함해 셰익스피어에 대해서는 하고 싶은 이야기가 많지만 이번 책에서는 미처 펜이 닿지 못했음을 밝혀둔다.) 문학계의 수많은 '우상'들이 이 땅에서 탄생했던 것에 비해 음악계와 미술계에서는 빛나는 인물을 그리 많이 볼 수 없었던 까닭은 무엇일까. 그 자체만으로도 흥미로운 주제다.(나의 우상이기도 한 헨델 Friedrich Händel (1685~1759)이 영국에서

4

5

크게 활약했다는 사실을 부인할 수 없지만, 헨델을 그저 '영국의 음악가'라고 잘라 말할 수는 없을 것이다.)

어쨌든 나는 젊은 시절부터 영국의 문화와 예술에 매혹되어 왔다 이와 동시에 이 나라가 대제국을 형성하는 과정에서 발휘해왔던, 두려울 정도로 냉혹하고 교활했던 측면에 대해서도 알고 있다. 19세기 이후의 근대소설에는 해외 식민지에서 들어오는 이자와 배당금으로 아무런 부족함 없이 생활하는 부유층이 거의 빠지지 않고 등장한다. 그 이면에 현지인이나 노예에 대한 지배와 착취가 자행됐다는 점은 쉽게 간과할 수 없는 사실이다. 이것이 바로 내가 이 책에서 잉카 쇼니바레의 미술에 주목하는 까닭이다.

이렇게 모순으로 가득 찬 양면성이 이 나라 사람들의 문화에도 암울한 아이러니를 움트게 하여 그들의 작품은 복잡한 그늘을 드리우고 있다. 예를 들어 영국에서 생산된 대중적 미스터리 작품을 다른 나라의 것과 비교해보는 것만으로도 쉽게 깨달을 수 있을 것이다.

"당신은 영국이 좋은가?" 누군가 이렇게 묻는다고 해도 답하기는 어렵다. 질문 자체가 너무 단순하기 때문이다. 그렇지만 앞서 언급한 이 양면성이 "인간이란 무엇인가?", "역사란 무엇인가?" 같은 인문학적 물음을 끊임없이 불러일으키는 것도 사실이다. 그런 의미에서 나는 "영국이 좋다."라고 대답할 수는 없지만, '영국적 문제'에 마음이 끌린다는 점만은 부정할 생각이 없다.

아직 소련이 세상에 존재하고 독일이 동서로 분단되어 있던 시절, 홍콩이 영국령이었던 시절부터 나는 이따금씩 영국을 찾아가곤 했다. 그랬던 예전의 대영제국은 지금 유럽연합 탈퇴 문제를 둘러싸고 대혼란의 소용돌이 한복판에 있다. 길었던 몰락 과정의 최종 국면일지도 모른다. 이 과정은 앞으로도 많은 비극과 함께, 숱한 '인문학적 물음'을 만들어낼 것이다. 그런 질문 자체가 나를 매혹해 마지않는 것이다.

2019년 8월

서경식

차례

책을 펴내며

4

1장 케임브리지 I

10

2장 올드버러

64

3장 런던 I

112

4장 런던 2

160

5장 런던 3

212

6장 케임브리지 2

262

옮긴이 후기

292

1장

케임브리지 I

케임브리지로

2015년 2월 26일, 나와 F는 런던 히스로 공항에 도착했다. 이번 여행의 목적은 크게 세 가지였다. 먼저 케임브리지와 런던, 스위스의 취리히 등에서 몇 차례 강의와 강연을 하고, 영국의 작곡가 벤저민 브리튼의 유서 깊은 도시인 올드버러를 방문한 뒤, 런던에서 아티스트 잉카 쇼니바레Yinka Shonibare (1962~)(이 책 4장에서 다루고 있다.)와 인터뷰를 하기 위해서다. 물론 일정 중간 중간 짬을 내서 미술 작품을 보거나 음악 공연을 관람하며 평소처럼 '인문 기행'을 이어가는 일도 예정되어 있다.

런던에서 케임브리지로 가던 도중 F가 놀라워하며 말했다. "어? 냄새가 안 나!" 그녀는 2001년 12월 이후로는 영국에 온 적이 없었다. 2001년에 배기가스로 인한 악취 때문에 고생했던 기억이 꽤 강렬했던 듯하다. 오랜만에 방문한 런던은 획기적이라고 할 만큼 매연이 줄어 있었는데, 이것이 바로 우리가 이번 런던 여행에서 가장 먼저 느낀 감각이었다.

2001년은 뉴욕 세계무역센터 등이 동시에 표적이 된 자살폭탄 공격, 이른바 '9·11테러'가 일어난 해였다. 당시 우리는 계엄 태세였던 미국대사관 바로 옆에 위치한 호텔에서 묵고 있었다. 꽤

그레이트 세인트 메리 교회에서 바라본 케임브리지 전경.

낡은 호텔의 11층 객실 창가에 멍하니 서서 '나는 어디서, 어떤 모습으로 죽을까……' 같은 생각을 했다. 그때로부터 거의 14년이 흘렀다. 나는 아직 살아 있으며 예전과 똑같은 생각을 반복한다. 9·11 테러 이후 2년이 지난 2003년에는 미국과 영국이 이라크전쟁을 일으켜 한 사회가 완전히 파괴됐다. 시리아에서는 내전이 격화되어 수많은 난민이 생겨났다. 런던의 배기가스는 개선되었지만, 세계는 조금도 나아지지 않았다.

케임브리지에 도착하여 인터넷으로 예약해둔 숙소를 찾아갔다. 요즘 나와 F는 여행할 때 보통 이런 방식으로 숙소를 정한다. 이유는 다양하지만 그중 가장 중요한 이유는 '빨래'다. F는 여행 중에도 직접 빨래를 하지 않으면 마음이 놓이지 않는 스타일이다. 그래서 꼭 세탁기를 갖춘 방을 찾게 된다.

케임브리지에서 묵을 숙소는 이 주변에서는 평범하다고 할 법한 주택의 방 한 칸이었다. 독채를 빌리는 것으로 알고 예약했지만 가보니 집주인 일가와 함께 지내는 구조였다. 2층에 있는 방 네 개는 우리를 포함하여 임대인들로 전부 차 있었다. 그중에는 한국에서 온 여학생도 있었다. 예상과는 달랐지만 방은 청결했고 욕실도 방마다 따로 구비되어 있었다. 신경이 쓰였던 세탁기 문제로 여주인에게 물어보니 "노 프로블럼! 빨랫감을 세탁실까지만 가

케임브리지의 킹스 칼리지 예배당.

져다놓으면 내가 해줄게요."라고 대답했다. 고마운 말이지만 빨래를 직접 하고 싶었던 F는 표정이 복잡해졌다.

60세 전후로 보였던 여주인은 '생활인'이라는 말이 딱 어울리는 사람이었다. 남편의 첫인상은 '자유인' 같았지만, 알고 보니 그는 뒤뜰의 나무를 다듬거나 가옥을 수리하고 신축하는 일을 세심하게 도맡고 있었다. 2층 각 방에 딸린 욕실도 그가 직접 만들었다고 했다. 부부 사이에는 중학생 정도 되는 남자아이가 있었는데 몸이 조금 불편해 보였다. 아침이면 친구들이 찾아와서 함께 학교에 데리고 갔다. 정겹고 좋은 느낌을 주는 가족이었다.

방에서 짐을 풀고 있으니 C 군이 마중을 왔다. C 군은 오래 전(거의 20년 전), 도쿄에서 내 강의를 들었던 재일조선인 학생이었다. 당시 갓 스무 살 지났던 그는 어딘지 불안해 보이던 젊은 이였다. 1년간의 학기가 끝나갈 무렵, 교실에 홀로 남아 있던 C 군이 내게 말을 걸어왔다. "귀화를 어떻게 생각하세요?" 혼자 꽤 고민하고 던진 질문임이 틀림없었다. 그랬던 그가 결국은 귀화의 길을 선택하지 않고 도쿄와 서울, 미국을 거치며 공부를 이어갔고 미국 동해안에 위치한 어느 대학에서 박사학위를 받았다. 전공은 동아시아 현대사(제2차세계대전 후의 한미일 관계)다.

C 군은 이제 케임브리지 대학에서 조교수에 준하는 자격(박

페테르 파울 루벤스, 「동방박사의 경배」, 1634년, 캔버스에 유채, 킹스 칼리지 예배당, 케임브리지.

사후 특별연구원)으로 적을 두게 되었고, 나를 강의에 초청해주기까지 했다. 나와 F는 C군과 함께 대학 근처의 어느 펍에서 맥주를 곁들여 가벼운 저녁식사를 하면서 회포를 풀었다. F는 바로 '해덕 ᵃᵈᵈᵒᶜᵏ' 요리를 주문했다. 대구과의 흰살생선을 튀긴 요리다. F는 영국에 가서 이 요리를 먹기를 고대해왔다.

루벤스

다음 날 우리는 C군의 연구실을 구경한 후 그의 안내로 케임브리지의 킹스 칼리지 예배당을 둘러봤다. 이곳에는 페테르 파울 루벤스 Peter Paul Rubens(1577~1640)가 그린 제단화 「동방박사의 경배」가 걸려 있다. '동방박사'는 루벤스가 종종 그렸던 주제로 그중 대표적인 작품은 안트베르펜 왕립미술관, 리옹 미술관이 소장하고 있다.

　페테르 파울 루벤스는 바로크 시대에 활동했던 플랑드르의 화가다. 외교관으로도 활약하면서 스페인 국왕 펠리페 4세와 잉글랜드 국왕 찰스 1세로부터 기사 작위를 받기도 했다.

　루벤스의 아버지 얀 루벤스는 꽤 흥미로운 인물이었던 듯하

안토니 반 다이크, 「자화상」, 1633년경, 캔버스에 유채, 개인 소장.

다. 원래 칼뱅주의자 법률가였던 얀은 1568년에 스페인령 네덜란드의 총독 알바 공작 페르난도가 프로테스탄트를 핍박하자 아내 마리아와 함께 안트베르펜에서 쾰른으로 피신했다. 그 후 네덜란드 총독 오라녀 공작 빌럼 1세의 두번째 왕비 안나의 법률고문 역할을 맡았다가 불륜 관계에 빠졌고 결국 이 사실이 발각되어 감옥에 갇히기도 했다. 석방 후 1577년에 아내 마리아가 루벤스를 낳았다. 루벤스는 안트베르펜에서 가톨릭교도로 성장했다. 라틴어와 고전문학을 비롯한 인문주의 교육을 받은 후 화가의 견습생이 된 루벤스는 1598년에 수업을 마치고 예술가 길드인 성루카조합에 가입했다.

1600년에 루벤스는 이탈리아로 떠나 레오나르도 다 빈치, 미켈란젤로, 라파엘로의 작품뿐만 아니라 카라바조의 작품들을 두루 섭렵하고, 1608년에 다시 안트베르펜으로 돌아왔다. 때마침 네덜란드는 여러 주가 연합해 스페인에 대항하며 반란을 일으킨 '80년전쟁(네덜란드독립전쟁)'으로 한창 어지러운 시기였다. 1568년에 시작된 이 전쟁은 1609년부터 12년 동안 휴전되기도 했지만 1648년까지 이어졌고, 이를 계기로 마침내 네덜란드가 독립할 수 있었다.

당시 루벤스는 안트베르펜에 공방을 두고 많은 제자와 조수

페테르 파울 루벤스, 「십자가에서 내려지는 그리스도」,
1612~1614년, 패널에 유채, 성모 마리아 대성당, 안트베르펜.

를 거느리고 있었다. 루벤스의 공방 출신자로 가장 유명한 화가는 안토니 반 다이크^{Anthony Van Dyck}(1599~1641)다. 반 다이크는 1632년에 영국 왕실의 부름을 받아 국왕 찰스 1세의 수석 궁정화가가 되었다.

어렸을 때 나의 애독서였던 『플랜더스의 개』는 영국 작가 위다^{Ouida, Maria Louise Ramé}(1839~1908)가 19세기에 쓴 아동문학이다. 주인공인 가난한 소년 넬로는 늙은 개 파트라슈와 함께 우유를 배달하며 생계를 이어간다. 그림 그리기를 좋아하는 넬로는 온갖 불행에 시달린 끝에, 한 번만이라도 보기를 고대했던 안트베르펜 성모 마리아 대성당의 제단화 앞에서 파트라슈를 끌어안고서 숨을 거둔다. 이 제단화가 바로 루벤스가 그린 「십자가에서 내려지는 그리스도」다. 나는 옛날 이 제단화를 보기 위해 안트베르펜을 찾은 적이 있다.

케임브리지에 있는 루벤스의 제단화 앞에 서 있다가 문득 영국과 플랑드르가 의외로 가깝다는 사실을 깨달았다. 두 지역은 해협을 사이에 두고 마주한 언덕이니 당연하다면 당연하다. 1627년부터 1630년 사이에 루벤스는 외교관으로서 스페인과 잉글랜드의 왕궁을 빈번하게 왕래했다. 1629년에는 케임브리지 대학으로부터 예술학 명예 학위도 수여받았다. 그러고 보면 이곳 킹스

케임브리지 대학교의 피츠윌리엄 박물관.

칼리지 예배당에 그의 작품이 기증된 것도 자연스러운 일이다.

프란스 할스

다음 날에는 아침부터 케임브리지 대학의 식물원을 산책했다. 나는 여행지에서 미술관 못지않게 동물원이나 식물원을 즐겨 찾는다. 그러니 영국에 와서도 평소 습관대로 여행한 셈이다. 식물원에 다녀와서는 피츠윌리엄 박물관을 찾았다. 케임브리지 대학의 부설 박물관으로 1816년에 창립한 곳이다. 당당한 외관의 건물 안에는 티치아노, 베로네제, 루벤스, 반 다이크부터 드가, 르누아르, 세잔, 피카소에 이르는 명작들이 전시되어 있었다. 실로 호화로운 컬렉션이다. 하나하나 이야기할 수는 없지만 특히 기억에 강하게 남은 그림은 프란스 할스Frans Hals(1582경~1666)의 「이름 모를 남자의 초상」이었다.

루벤스보다 꽤 나이가 어리지만 렘브란트 보다는 제법 연상인 할스는 네덜란드 회화의 황금기에 활약했던 거장 중 한 명이다. 하지만 그의 화풍은 루벤스와도, 렘브란트와도 전혀 다르다. 종교화나 역사화가 아니라 풍속화에 특히 뛰어났고, 캔버스에 붓

프란스 할스, 「이름 모를 남자의 초상」,
1660~1663년경, 캔버스에 유채, 피츠윌리엄 박물관, 케임브리지.

의 흔적을 남기며 묘사하는 화법을 구사하여 노인, 아이, 여성, 주정뱅이 등 말 그대로 이름 없는 일반인의 표정을 생생하게 포착했다. '웃음의 화가'라는 별명을 갖게 된 것은 웃고 있는 인물을 많이 그렸기 때문이다. 다만 피츠윌리엄 박물관에 있는 이 '이름 모를 남자'는 비웃는 듯한 희미한 미소에 암울한 눈빛을 하고 있다. 이 점 또한 그림의 모델이 된 이름 모를 남자에 대한 흥미를 불러일으킨다.

할스는 내가 각별히 애호하는 화가다. 그가 그린 서민의 모습이 좋아서다. 젊은 시절에는 네덜란드 하를럼에 있는 프란스 할스 미술관까지 찾아간 적도 있다. 유럽 각지의 미술관(예를 들면 카셀)에서 할스의 작품과 조우할 때마다 절친했던 옛 친구와 재회한 듯한 기분에 사로잡히곤 한다. 이날 케임브리지에서도 마찬가지 감정이었다. 루벤스에게도, 할스에게도 '귀신같은 솜씨'라는 진부한 수사를 바치고 싶어진다. 하지만 두 사람의 정신이 지닌 특질과 지향점은 정반대 지점을 향하고 있다. 루벤스의 정신은 초월적 존재나 왕후장상과 같은 '높은 곳'을 향해 발휘된다. 반면 할스의 정신은 노인, 아이, 여성이나 술에 취한 광대처럼, 요컨대 '낮은 곳'에 있는 이름 모를 자들에게로 뻗어 있다. 어떻게 할스와 같은 화가가 등장할 수 있었을까. 17세기 네덜란드에서는 어떻게 해서 일

네덜란드 하를럼에 있는 프란스 할스 미술관.

반 서민을 즐겨 그린 풍속화가 유난히 발전할 수 있었을까.

어쨌건 영국에서 이렇게 많은 플랑드르 회화를 접할 수 있다는 점도 흥미롭다. 르네상스 시대 이후 18세기에 들어와 윌리엄 호가스William Hogarth(1697~1764), 조슈아 레이놀즈Joshua Reynolds(1723~1792), 토머스 게인즈버러Thomas Gainsborough(1727~1788) 등이 등장하기까지, 적어도 내가 보기에 영국에서는 플랑드르에 필적할 만한 화가는 나타나지 않았다. 영국 미술에 있어 '불모의 시대'가 길게 이어졌던 셈이다.(컨스터블이나 터너처럼 영국을 대표하는 거장이 등장한 시기는 19세기 전반에 접어들면서부터.)

문학계에서는 훨씬 이전인 16세기부터 윌리엄 셰익스피어(1564~1616)가 존재했다는 사실을 떠올리면, 더욱 이상하다는 생각이 든다. 17세기 영국이 혁명과 동란의 시대였음을 고려한다고 해도, 같은 시기에 플랑드르 역시 기나긴 전란의 한가운데에 있었던 점을 생각해보면 여전히 잘 설명되지 않는다. 거꾸로 생각하면 이 시대에 어째서 유독 플랑드르(네덜란드)에서 미술이 집중적으로 융성할 수 있었을까? 동인도회사의 설립과 경영으로 인한 부의 축적, 그리고 부유한 시민계급의 형성이라는 이유로 설명이 가능하지만, 그것만으로는 왠지 부족하다는 생각이 든다.

다음 날은 역시 케임브리지 대학과 관계가 깊은 미술관인 케

케임브리지 대학의 케틀즈 야드 미술관.

틀즈 야드를 둘러보았다. 시인이자 영문학자인 오타 미와 씨가 꼭 한번 찾아가보라고 권했기 때문이다. 이곳은 피츠윌리엄 박물관과는 달리 매우 평범한 민가와 같은 외양을 하고 있었다. 런던에서 테이트 갤러리 학예사로 오래 일했던 짐 에드와 그의 부인 헬렌이 1956년 케임브리지로 와서 낡고 오래된 작은 집을 개축하여 미술관을 열었다고 한다. 두 사람은 "방문객이 자유롭고 편한 마음으로 예술 작품을 즐길 수 있는 공간"을 목표로 삼아 이 미술관을 만들었다. 콘스탄틴 브랑쿠시Constantin Brancusi(1876~1957), 바버라 헵워스Barbara Hepworth(1903~1975), 헨리 무어Henry Moore(1898~1986), 벤 니콜슨Ben Nicholson(1894~1982), 호안 미로Joan Miro(1893~1983) 등의 작품을 편안하게 배치해두었는데 정말 훌륭한 취향을 보여주는 미술관이었다. 에드 부부는 케임브리지를 떠날 때 이곳을 대학에 기증했고, 이후 케임브리지 대학이 관리를 맡고 있다.

일리

케임브리지에서 머물던 또 다른 날, 나와 F는 소풍 삼아 버스를 타고 근교인 일리Ely로 나섰다. 인구 1만 5000명 남짓한 작은 시골 마

일리에 있는 크롬웰의 집.

을이지만, 7세기에 창건된 일리 대성당으로 유명하다. 올리버 크롬웰Oliver Cromwell(1599~1658)이 살았던 집이 지금은 박물관으로 바뀌어 남아 있는 곳이기도 하다.

일리라는 이름은 뱀장어eel에서 유래했다. 예전에 이곳은 뱀장어가 많은 늪과 연못으로 둘러싸인 습지대였기 때문이다. 이 주변 일대는 펜랜드fenland라고 불리던 넓은 늪지여서 로마 시대부터 개발이 시작되었고, 17세기에는 네덜란드로부터 전문가를 초빙해 배수와 간척 사업을 완성했다. 그래서 그다지 높지 않은 언덕 몇 군데를 제외하면 도시 전역이 표고 15미터 이하의 낮은 습지다. 그곳에 종횡으로 준설한 수로와 운하가 흐르고 있다. 케임브리지에서 일리로 가던 날은 더할 나위 없이 좋은 날씨에 풍경 역시 평온함 그 자체였다.

버스 정류장은 일리 박물관과 가까웠다. 우선 박물관과 대성당에 들러 구경한 후 '크롬웰의 집'을 찾아갔다. 1599년 헌팅턴에서 태어난 크롬웰은 케임브리지 대학을 거쳐 런던에서 법학을 전공했다. 1620년에 결혼하여 슬하에 4남 4녀를 두었고 1636년에는 숙부의 유산을 상속받아 일리로 이주했는데, 세금을 징수하는 지방 공무원으로서 일리에서 일하던 시절이 지위가 상승하는 기점이 되었다고 한다. 현재 박물관으로 사용되는 곳은 크롬웰

새뮤얼 쿠퍼, 「올리버 크롬웰 초상」, 1656년, 캔버스에 유채, 내셔널 포트레이트 미술관, 런던.

가족이 1636년부터 1647년 무렵까지 거주했던 집이다. 크롬웰의 칼뱅파적 기질을 말해주듯 건물 안은 의외로 좁고 소박했다.

크롬웰은 1640년 케임브리지 장기의회 의원으로 선출되어 청교도혁명 때는 의회파에 속했다. 청교도혁명(특히 삼왕국전쟁 Wars of the Three Kingdoms)이란 1642년부터 1651년까지 잉글랜드, 스코틀랜드, 아일랜드에서 일어난 내전과 혁명을 가리킨다. 1642년 의회파와 국왕파 사이에서 내전이 발발하는 과정에서 크롬웰이 의회파의 주도권을 잡고 국왕파의 군대를 무찔렀다. 그는 왕권에 필적하는 최고통치권을 지닌 '호국경Lord Protector'의 지위를 갖고 전권을 휘두르며 국왕 찰스 1세의 처형을 결정했고, 결국 왕정을 무너뜨린 후 공화정을 실현했다. 공화정 아래에서 크롬웰의 독재가 시작되자 토지의 균등 분배를 요구하던 농민운동은 탄압을 받았다.

1649년 크롬웰은 자신의 군대, 즉 신모범군New Model Army(영국 최초의 상비군)을 이끌고 아일랜드에 상륙해 아일랜드 가톨릭 동맹과 국왕파의 연합군을 격파하고 점령했다. 크롬웰 군대의 아일랜드 재점령 과정에서는 잔혹함이 극에 달했다. 그 결과 아일랜드 인구의 15~25퍼센트 정도가 살해당하거나 혹은 망명을 당했다고 추산하기도 한다.

크롬웰의 집 내부 전시실.

크롬웰의 침공은 영국의 아일랜드 식민지화를 마무리짓는 사건이었다. 아일랜드의 가톨릭교도 지주층이 붕괴되자 영국에서 이주한 식민자들이 그 자리를 대신하여 차지했다. 이러한 역사가 지금까지 이어져 해결하기 어려운 갈등의 화근으로 남았다.

박물관으로 쓰고 있는 '크롬웰의 집'에 마련된 전시의 마지막 코너에는 관람자를 대상으로 하는 앙케트 용지가 있었다. 설문은 "당신은 크롬웰을 영웅이라고 생각하십니까? 아니면 악한villain이라고 생각하십니까?"였다. 흥미로운 질문이었다. 이러한 물음이 제기된다는 것 자체가 크롬웰의 역사적 평가를 둘러싸고 대중 사이에서 여전히 논란이 끊이지 않는다는 사실을 보여주기 때문이다. 전시장에는 앙케트 결과의 중간 집계도 게시되어 있었다. 정확히 생각나지는 않지만 악한이라고 보는 쪽이 30~40퍼센트 정도였다고 기억한다.

설문조사를 둘러싼 상황을 보며 나는 자연스럽게 도요토미 히데요시豊臣秀吉를 떠올렸다. "히데요시는 영웅일까, 악한일까?"라고 묻는다면 현재 일본 국민들은 어떤 대답을 할까? 히데요시가 죽었던 해는 1598년. 그로부터 1년 후 일본에서 멀리 떨어진 잉글랜드 땅에서 크롬웰이 태어났다. 이 두 사람의 생애는 여러 면에서 서로 닮았다. 특히 히데요시가 주도한 두 번의 조선 침략인

임진왜란(1592)과 정유재란(1597), 그리고 크롬웰 군대의 아일랜드 침공에는 유사한 점이 있다고 생각된다. 반세기 남짓 시차를 두고 극동과, 영국·아일랜드라는 극서의 땅에서 이렇게 서로 비슷한 양상의 커다란 사건이 일어났던 것이다.

히데요시가 조선을 침략한 동기에 대해서는 여러 설이 있지만, 1492년 콜럼버스의 신대륙 도달 이후의 세계적 대변동과 '세계 시스템'의 형성 과정에서 생겨난 거대한 파도가 동아시아에까지 미쳤던 현상으로 보는 것도 가능하다.

나는 교토에서 태어난 재일조선인이다. 나의 어린 시절, 낮은 신분에서 입신하여 최고 권력자의 자리에까지 올랐던 도요토미 히데요시는 두말할 것 없이 서민층 아이들 사이에서 영웅이었다. 문학이나 영화, 텔레비전 프로그램에서는 집요할 만큼 영웅담이 반복되었다. 그런 한편 교토의 도요쿠니신사豊国神社 앞에는 '귀무덤'이 있다. '코 무덤'이라고도 부른다. 임진왜란과 정유재란 때 도요토미 히데요시 군대가 공적을 세운 증거로 조선과 명나라 병사의 귀와 코를 베어와 묻어놓은 무덤이다. 2만 명에 달하는 사람의 귀와 코가 묻혀 있다고 한다.

두 차례의 전란 과정에서 어마어마한 수의 조선 민중이 히데요시 군대에게 '포획'되어 포르투갈 상인에게 노예로 팔려가기도

교토 도요쿠니신사(위)
도요쿠니신사 앞 귀 무덤(아래).

했다. 많은 조선 도공이 규슈로 끌려가 도자기 제작 기술을 전수했던 사실도 빼놓을 수 없다. 귀와 코가 베인 자들, 먼 나라에 노예로 팔려나간 자들은 어떤 탄식 속에서 살아가야 했을까.

많은 일본인 아이들과 마찬가지로 히데요시를 영웅이라고 생각하면서 자랐던 나는, 사춘기에 접어들면서 그런 내 자신에게 위화감과 불편함을 느끼게 되었다. 히데요시가 나의 영웅이 아니라는 점을 깨달으며 묵살되어온 소수자나 패배자의 존재에 눈을 떴던 셈이다. 나 자신이 그런 패자들 쪽에 속해 있다는 사실 역시. 그러한 '불편함'이야말로 내 인생의 귀중한 자산이다. 만약 그 자각이 없었더라면 내 정신세계는 언제까지나 일면적이고 천박했으리라. 아일랜드 사람이라면 크롬웰을 어떻게 생각할지를 상상해보는 일도 불가능했을 것이다.

그랜트체스터

3월 3일 오후, C 군의 연구실에서 '코리안 디아스포라'에 대한 강의를 한 후, 복도에서 생각지도 않게 문화인류학자 애덤 Z 씨와 우연히 마주쳤다. 오래된 지인이다. 홍콩에서 자란 중국인이지만 정

한스 에보르트, 「헨리 8세 초상(한스 홀바인 모작)」,
1567년경, 패널에 유채, 트리니티 칼리지, 케임브리지.

확한 설명인지는 자신이 없다. 퍼스트네임은 '애덤^Adam'이다. 예전에도 쓴 적이 있는데(「이름」, 『경계에서 춤추다―서울-베를린, 언어의 집을 부수고 떠난 유랑자들』, 창비, 2010년) 알고 지낸 지 얼마 되지 않았을 무렵, "어째서 이름을 애덤이라고 했어?"라고 묻는 내게 그는 "응, 최초의 이름이니까."라고 답했다. 바로 성서의 창세기를 떠올린 내가 "아, 아담과 이브의……"라고 말하자 그는 "아니, 그냥 아무렇게나 사전을 펼쳤더니 처음 나온 이름이었어."라고 빙긋 웃었다. 과연 애덤이라는 이름은 A로 시작한다. 20년가량 지난 옛날 일이지만 사실인지, 아니면 재치 있는 농담이었는지 지금도 알 길은 없다.

영국 어딘가의 대학에서 학생들을 가르치고 있다고는 들었는데 최근 케임브리지로 옮겼다고 한다. 긴 턱수염을 길러서 『삼국지』의 영웅 관운장을 축소해놓은 듯한 풍채의 애덤은 붙임성 있는 미소로 나와의 재회를 기뻐하며 유서 깊은 트리니티 칼리지를 안내해주겠다고 했다. 여섯 번의 결혼뿐만 아니라, 로마 가톨릭으로부터 영국 국교회를 분리해서 역사적으로 악명이 높은 헨리 8세가 1546년에 건립한 대학이다. 그렇지만 헨리 8세는 문필가이자 작곡가의 일면도 있어서 일류 교양인이었다는 평가도 받는다. 독일 출신의 궁정화가 한스 홀바인^Hans Holbein(1497~1543)이

오차드 티 가든. 과수원에 마련된 테이블에서 차를 즐긴다.

그린 헨리 8세의 초상화가 유명한데, 트리니티 칼리지에는 이를 모사한 한스 에보르트Hans Eworth(1520~1574)의 작품이 전시되어 있다.

다음 날 나와 F는 오전 중에 케임브리지 시내를 벗어나 그랜트체스터로 산책을 갔다. 이른 봄의 하늘은 평온하고도 맑았다. 조용하고 작은 마을을 느긋이 걷다 보면 캠 강변 쪽으로 나갈 수 있다. 신록의 숲을 헤치고 넓은 목초지를 가로지르면 '오차드 티 가든' 쪽으로 빠져나오게 된다. 무척이나 안락한 카페다.

카페의 안내 팸플릿에 따르면 가게는 1868년에 맨 처음 문을 열었다. 그 후 30년쯤 지나 케임브리지 대학의 어떤 학생들이 이곳에서 모임을 가지면서 여주인에게 "과수원 나무 아래에서 차를 마실 수는 없을까요?"라고 부탁했다고 한다. 케임브리지에서 전설처럼 내려오는 유명한 이야기의 시작이었다. 1897년 봄의 일이다.

1909년에 킹스 칼리지를 졸업한 루퍼트 브룩Rupert Brooke(1887~1915)은 이곳에서 하숙생활을 시작했다. 시인이었던 브룩은 아일랜드의 시인 예이츠William Butler Yeats(1865~1939)가 "잉글랜드에서 가장 잘생긴 젊은이"라고 평했다던 미남이다. 카리스마 넘치는 브룩의 인기 덕분에 그랜트체스터의 오차드 티 가든을 찾

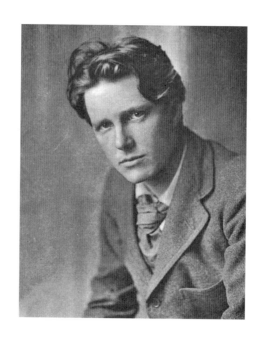

루퍼트 브룩.

는 사람이 덩달아 늘어 카페도 무척 붐볐다. 버지니아 울프Virginia Woolf(1882~1941)는 케임브리지 학생이던 시절 달빛 아래 수영장에서 브룩과 함께 알몸으로 헤엄쳤던 일을 친구에게 자랑스럽게 이야기했다고 한다.

루퍼트 브룩은 제1차세계대전 발발 후, '전쟁시인'으로 주목을 받았다. 그의 시 「죽은 자」가 유명 신문에 소개되었고, 「병사」는 세인트 폴 대성당 설교에서 낭독되기도 했다. 이 시들은 당시 해군 총사령관 윈스턴 처칠에게도 알려져 브룩은 장교로 임명되었다. 1915년 패혈증으로 사망한 그는 그리스령 스키로스 섬의 올리브 과수원에 묻혔다. 수려한 용모 역시 그가 하나의 신화가 되는 데 한몫했다. 브룩의 시는 바이런류의 낭만주의를 답습하고 있는 듯해 그다지 내 마음을 울리지는 않는다. 제1차세계대전에서의 병사의 죽음을 노래한 시라고 해도, 예를 들어 윌프레드 오언Wilfred Owen(1893~1918)에게 한참을 미치지 못한다고 생각한다.

브룩의 영향으로 이곳에서 버지니아 울프가 '새로운 이단자들Neo-pagans'이라고 이름 붙인 친구들의 모임도 생겨났다. 루퍼트 브룩과 버지니아 울프 외에 멤버의 일부를 소개하면 다음과 같다. 『인도로 가는 길』을 쓴 소설가 E. M. 포스터E. M.

트리니티 칼리지와 그레이트 코트.

Poster(1879~1970), 철학자이자 수학자이면서 평화운동가이도 했던 버트런드 러셀Bertrand Russell(1872~1970), 빈 출신으로 나중에 케임브리지 대학 교수가 된 철학자 루트비히 비트겐슈타인Ludwig Wittgenstein(1889~1951), 경제학자 존 메이너드 케인스John Maynard Keynes(1883~1946) 등이다. 이렇게 쟁쟁한 얼굴들이 모여들었던 찻집에서 F와 나는 이른 봄의 햇빛을 즐기며 천천히 홍차를 마셨다.

잔디 문제

그랜트체스터에서 케임브리지로 돌아와 애덤을 만나러 나갔다. 그의 안내로 트리니티 칼리지의 정문을 통과하니 잔디를 아름답게 가꾼 정원이 드넓게 펼쳐졌다. '그레이트 코트'라고 불린다. C 군으로부터 들었던 이야기가 떠올라 애덤에게 물어보았다. "이 잔디밭에 발을 들여놓을 수 있는 사람은 펠로Fellow뿐이라는데 그 말이 진짜야? 내 지인인 C 군은 무심코 들어갔다가 경비원에게 타박을 들었다고 하던데……." 애덤은 "정말이야."라고 대답한 후 장난기 가득한 웃음을 띠며 말을 이었다. "그래도 살짝 들어가 볼래? 괜찮으니까." 우리는 정중히 거절했다.

광장의 반대쪽이나 대각선상에 있는 건물로 가려다 보면 무심결에 잔디밭을 횡단해서 질러가고 싶어진다. 하지만 그럴 '권위'를 가진 사람은 펠로뿐이다. 펠로란 이 대학에 소속해 있는 교원을 가리키지만, 역사적으로 말하면 각 칼리지는 예배당을 겸한 수도원과도 같은 시설이었기에 펠로라는 직책에는 전속 수도사와 같은 의미도 포함되어 있을지 모른다. 그렇다 하더라도 그런 '전통'이 300년이 지난 지금까지도 지속되고 있는 셈이다.

버지니아 울프는 1928년에 케임브리지 대학교 안의 여자 대학에서 펼쳤던 강연을 기초로 하여 이듬해 『자기만의 방』을 출간했다. 당시 46세였던 울프가 후배 여성들에게 보낸 격려의 메시지를 담은 『자기만의 방』은 지금까지도 페미니즘 고전이라고 할 법한 책이다. "인간으로 하여금 집요할 정도로 성별을 의식하게끔 만들었던 시대"에 여성은 어떻게 살아야 했을까. 울프는 강연장에서 "와인을 마시며 '자기만의 방'을 가지라고 확실히 말했다."라고 일기에 남겼다. '자기만의 방'이라고 하는 상징적인 비유를 통해 남편이나 가정에서의 자립, 가부장제로부터 독립할 각오를 촉구하고 있는 것이다.

한국의 저명한 아티스트 윤석남은 전업주부로 살아오다가 마흔이 되어 돌연 남편에게 "나는 지금부터 화가가 될 거야."라고

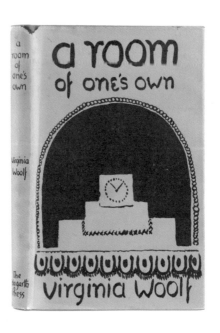

버지니아 울프의 『자기만의 방』 초판본.

선언했다고 한다. 그리고 먼저 실제로 '자기만의 방'을 확보하고, 마침내 한국 여성 미술을 대표하는 아티스트가 됐다. 그 무렵 윤석남은 평소 반복해서 읽었던 버지니아 울프의 『자기만의 방』을 염두에 두었다고 말했다.(『나의 조선미술 순례』, 반비, 2014년) 1920년대 영국의 여성 작가가 들려준 이야기가 시공을 넘어 1970년대 한국 여성의 등을 힘껏 밀어주었던 것이다. 울프는 이 책에서 다음과 같이 말한다.

여기저기서 물밀 듯 요동치는 '생각'에 마음을 빼앗겼기 때문에 가만히 앉아 있을 수 없었던 나는 빠르게 잔디를 가로질러 걷고 있었습니다. 그 순간 어떤 남자가 튀어나와 갑작스레 나를 가로막았습니다. 와이셔츠에 모닝코트를 걸친 기묘해 보이는 그 물체의 몸짓이 나를 겨냥하고 있다는 사실을 처음엔 알아차리지 못했습니다. 그의 얼굴은 경악과 분노를 담고 있었습니다. 그 순간 나를 도운 건 이성보다는 본능이었습니다. 그 사람은 의례를 담당하는 교구 관리원이었고 나는 여자였습니다. 이곳은 잔디밭이고 인도는 저쪽에 있었습니다. 잔디밭은 대학의 특별 연구원(펠로)이나 학자(스칼라)만 들어갈 수 있게끔 허용되었고 저쪽 자갈길이 내가 걸어야 할 장소

세인트 존스 칼리지 식당 홀.

였습니다.

이 소동 덕에 울프가 사색의 강 아래에서 건져 올리려 했던 '물고기', 즉 귀중한 '아이디어'는 어딘가로 사라져버렸다고 한다. 버지니아 울프가 학교를 다니던 때의 '전통'이 아직 여전히 살아 있는 것이다. 여기서 잔디는 단순한 식물이 아니며, 정원을 꾸미기 위한 장식도 아니다. 엄연한 '권위'와 '위계'의 표식인 셈이다. '잔디밭에 들어갈 수 있는 권리'와 더불어 교원에게 주어진 또 하나의 특권은 무료로 제공되는 식사다. 펠로의 손님 역시 이 특권의 떡고물처럼 공짜로 밥을 먹을 수 있다고 했다. 애덤이 같이 밥을 먹자고 권했기에 호기심이 가득했던 우리는 기꺼이 초대를 받아들였다.

유구한 역사가 느껴지는 세인트 존스 칼리지 식당 홀에는 긴 테이블과 펠로들의 자리가 마련되어 있었다. 우리는 정해진 자리에 앉았다. 애덤과 나는 메인 요리로 오리고기를, F는 농어를 골랐다. 좌우로 펠로들이 길게 늘어앉아 대화를 나누는 중이었다. 격식을 차린 옷차림은 아니었다. 홀 한쪽은 단을 조금 높여 지었는데 공식적인 만찬 때 펠로들이 앉는 자리로, 이름마저 '하이 테이블'이라고 한다. 나는 그만 웃음이 터지고 말았다. 이 모든 것이 농

영화「불의 전차」포스터, 1981년.

담이나 연극이 아닌, 현실이다. "영화 「불의 전차」가 떠오르네."라고 애덤에게 말하자 "응, 그 영화는 실제로도 이 대학에서 촬영했다고 들었어."라고 대답했다.

불의 전차

「불의 전차」는 1981년에 개봉한 영국 영화다. 내 친구들 사이에서 평가는 각각 달랐지만 나는 인상 깊게 봤다. 주인공은 실존했던 두 인물이다.

유대인 집안 출신으로 트리니티 칼리지 학생인 헤럴드 에이브러햄은 육상 국가대표로 선발된다. 그는 대회에서 좋은 기록을 거두어 영국인으로 받아들여지기를 바란다. 영화는 케임브리지 대학을 무대로 엘리트 계층 사이에 존재했던 은밀한 차별의식을 부각한다. 또 다른 인물은 신을 위해 달린다는 소명을 지닌 스코틀랜드 출신의 선교사 에릭 리델. 두 사람은 함께 1924년 파리 올림픽 대표로 선발된다. 파리로 출항하는 날, 에릭은 예선 경기가 일요일로 잡혔다는 사실을 알게 된다. 독실한 신자였던 그는 안식일의 계율을 지키기 위해 요일 변경을 신청하지만 상황은 뜻대로

「불의 전차」의 실존 인물 에릭 리델.

되지 않는다.

파리 올림픽이 개최되자 주변에서는 에릭에게 조국과 국왕에 대한 충성을 위해 출전하라고 설득하지만, 에릭은 믿음을 저버리지 않고 이를 거부한다. 팀 동료 앤드류가 400미터 경기 출전권을 양보하며 에릭에게 출전 종목을 변경하는 방법을 제안한다. 우여곡절 끝에 400미터에 나간 에릭은 결국 금메달을 딴다.

한편 헤럴드는 100미터 경기에서 우승했지만 마음은 밝지 않다. 영국으로 돌아온 선수단은 열렬한 축하 속에서 거리행진을 펼치고, 환호가 잦아든 뒤 역에서 내린 헤럴드는 연인과 재회하여 함께 쓸쓸히 걸어간다.

실존 인물인 에릭 리델은 스코틀랜드 선교사의 아들로 1902년에 중국 텐진에서 태어났다. 1902년이라고 하면 의화단 사건 직후다. 이 사건을 계기로 서구 열강과 일본은 중국에 군대를 주둔하고 다양한 요구를 내세우며 침략을 시작했다. 제국주의 열강이 제3세계 지역을 잠식하고 침략하는 과정에서, 개개인의 의도가 어떠했건 간에 기독교 선교사들이 첨병 역할을 했다는 점은 역사적 사실이다. 에릭 리델의 생애에도 그러한 역사의 각인이 찍혀 있다고 할 수 있다.

에릭은 1925년 에든버러 대학을 졸업한 후, 부모와 함께 선

교사로 다시 중국 톈진으로 건너가 1932년에 성직자로 부임했다. 1931년에 만주사변이 발발하고 1941년에는 중국에서 철수하라는 영국 정부의 권고가 내려지자 아내와 세 딸을 캐나다로 돌려보낸 후 혼자 중국에 남았다. 1943년에 일본군에 억류된 후 1945년 산둥성 수용소에서 뇌종양으로 삶을 마감했다.

이 영화는 원작자, 제작자, 감독의 의도가 어떠했건 (아마도 그 의도를 뛰어넘어) 많은 이야기를 전해준다. 영국 제국주의의 한 자화상을 보여준다고도 말할 수 있다. 그 그림자를 유대인과 스코틀랜드인이라는 주변적 존재를 통해 드러내고 있는 셈이다. 또한 이 영화의 제작자는 이후 다이애나 비의 연인으로서 1997년 파리에서 자동차 사고로 함께 세상을 떠난 도디 알파예드$^{Dodi\,Al-fayed}$(1955~1997)다. 이집트 억만장자의 아들로 태어나 스위스에서 교육을 받았던 그가 「불의 전차」를 제작했다는 사실은 아이러니하면서도 흥미롭다. 영국 주류사회에 속하기 위해 영국 국가대표로 필사적으로 달렸고 결국 우승까지 했지만 공허한 마음을 금할 수 없었던 유대인 헤럴드에게, 도디 알파예드는 자기 자신을 투영했던 것이 아닐까. 엄청난 부호였지만 아랍 출신이었기에 항상 주변적 존재로 머물렀던 그는 황태자비를 자신의 연인으로 삼아 중심으로 진입하고자 했을지도 모른다.

식당에서 점심을 마치고 애덤은 우리를 라운지로 안내했다. 중후한 앤티크 가구와 세간이 잘 갖춰진 응접실이었다. 교원들이 한가롭게 티타임을 즐기면서 나지막이 대화를 나누는 중이었다. 마침 애덤과 잘 알고 지내는 노교수 한 분도 있었다. 이미 퇴직한 M 명예교수다. 소박한 스웨터 차림을 한 싹싹한 사람이었다. 내가 일본에서 왔다는 걸 알고 M 선생은 유창한 일본어로 태연하게 말했다. "교토 대학에서는 요시카와 선생에게 배웠죠." 고베에서 태어난 요시카와 고지로吉川幸次郎(1904~1980)는 중국문학 연구자의 거두로서 오랫동안 교토 대학 교수로 재직했다. 저서와 역서는 손에 꼽을 수 없을 정도이며 그의 지도를 받은 제자도 무척 많다. 지금 내 앞에 있는 몸집이 작은 노교수 역시 제2차세계대전 후 교토에서 요시카와 고지로의 따뜻한 가르침을 받았다고 했다.

M 선생은 또 이런 이야기도 했다. 자기는 형제가 있는데(쌍둥이라고 들었던 것 같다.) 어렸을 때 전쟁이 시작됐다. 정부는 군사상의 필요로 아시아 문제 전문가를 양성하고자 했다고 한다. "우리 형제는 그 프로젝트에 지원하여 대학에 진학했어요. 누가 중국을 전공하고 누가 일본을 전공할지 정하지를 못해 동전을 던져 앞면과 뒷면에 따라 진로를 결정했지요. 그 결과 나는 케임브리지에서, 동생은 옥스퍼드에서 오랫동안 가르치게 되었어요."라고.

King's College Chapel

The Fitzwilliam Museum

Kettle's Yard Cambridge

동전 던지기 운운은 영국인다운 농담일지도 모른다. 나는 '아무리 농담이라고 해도……'라는 생각이 들었다. 이렇게 온화하고도 독실한, 그리고 겸허하고 유머를 갖춘 노학자야말로 좋건 나쁘건 영국 인문학의 전통을 체현하는 인물상이지 않을까. 이 나라에는 M 선생처럼 일본, 중국, 그 밖의 아시아 여러 나라, 중동, 아프리카, 라틴아메리카 등을 전공으로 하는 전문가와 석학이 매우 두텁게 존재하고 있다. 옛 대영제국의 판도와도 같이 폭넓게, 유사한 지적 자원의 층이 쌓여온 것이다. 제국이 층층이 쌓아올린 지知의 퇴적이다. 그 저변에 에릭 리델과 같은 존재도 있었다.

2장

올드버러

해변 마을로

2015년 3월 3일, 나와 F는 아침 일찍 케임브리지를 출발하여 올드 버러로 향했다. 이른 봄의 영국다운 으슬으슬한 아침이었다.

이 해변 마을을 찾아가는 일을 나와 F는 오랜 세월 꿈꿔왔다. 그곳에는 작곡가 벤저민 브리튼^{Benjamin Britten}(1913~1976)과 평생 그의 반려자였던 성악가 피터 피어스^{Peter Pears}(1910~1986)의 무덤 이 있다. 1948년 이후 매년 6월에는 이곳에서 음악제가 열린다. 그 렇지만 대학에서 근무하는 나는 일정상 학기가 끝나지 않은 때여 서 휴가를 내기 힘들다. 하물며 교통도 몹시 불편하다. 이런저런 이유로 올드버러 여행을 포기해왔지만, 이번에 예기치 않게 케임 브리지 대학과 런던 대학에서 강연할 기회를 얻었다. 지도를 곰곰 이 들여다보니 케임브리지와 올드버러는 그리 멀지 않았다. 3월 은 비수기라서 특별한 행사가 없을지 몰라도 이렇게 기회가 찾아 왔을 때 마음먹지 않으면 죽을 때까지 갈 수 없을 거라는 생각이 들었다. F도 "우리 가보자, 가보자."라며 자꾸 등을 떠밀었다.

F는 대학 시절 성악을 전공하고 중학교 음악교사로 오래 근 무했다. 브리튼의 「청소년을 위한 관현악 입문(퍼셀의 주제에 의한 변주곡과 푸가) 작품 34」를 교재로 사용한 적도 있다고 했다. 그것

벤저민 브리튼.

보다 F에게 브리튼의 이름이 더욱 인상 깊었던 이유는 1956년에 브리튼이 처음으로 일본을 방문했을 때, 피어스와 함께 비행기의 트랩을 내려오는 모습 때문이었다. 물론 1956년 당시 생중계로 본 건 아니고 나중에 뉴스를 통해 본 영상이었다. F가 대학생이던 무렵, 그러니까 지금으로부터 40년쯤 전의 일본은 동성애에 대한 편견이 요즘보다 훨씬 심했다.

그런 시대에 너무나도 자연스러운 태도로 동성 연인을 데리고 나타난 브리튼의 모습에 F와 알고 지내던 주변 음악 관계자들은 놀람과 동시에 이맛살을 찌푸렸다고 한다. 당시에 자신 역시 많건 적건 그런 편견을 공유했고 지금 생각하면 부끄럽다고, 오히려 이제는 그런 브리튼이 존경스럽다고 F는 말했다. 그래서 올드버러에 있는 두 사람의 묘에 가서 참배하고 싶다고 했다.

올드버러에 대한 내 기억은 구소련의 피아니스트 스비아토슬라프 리흐테르Sviatoslav Richter (1915~1997)와 관련이 있다. 이미 꽤 오래전 일이지만 NHK 텔레비전 영상으로 그의 연주를 본 적이 있다. 곡명은 슈베르트의 「피아노 소나타 제18번 G장조 D894(환상소나타)」였다. 머리가 벗어지고 안경을 약간 비스듬히 쓴, 신경질적으로 보이는 남자. 피아니스트라기보다 나무꾼이나 배관공 같았던 그 남자가 건반에 고요히 손가락을 올리자 첫번째 화음이

스비아토슬라프 리흐테르.

울려퍼졌다.

아, 얼마나 섬세하고 얼마나 애절했는지, 또 얼마나 고독한 소리였는지. '매료된다는 건 이런 것인가.'라는 생각을 했다. 1977년 9월 27일에 리흐테르가 올드버러에서 열었던 작은 리사이틀 현장의 모습이었다. 영상에는 다음과 같은 자막이 붙어 있었다.

리흐테르는 원래 카메라를 너무 싫어했음에도 불구하고 그의 아내는 영상 기록의 중요성을 인식하여 카메라를 감추고 녹화하는 방법에 동의했다. 리흐테르는 연주가 끝나고 이 사실을 알게 되었지만 영상 기록에 대한 아내의 열의를 받아들였다. 이 프로그램은 1997년에 세상을 떠난 위대한 피아니스트 리흐테르와, 같은 해에 탄생 200주년을 맞은 슈베르트를 헌정하기 위해 재편집했다.

브리튼과 친밀한 사이였던 리흐테르는 종종 올드버러를 방문했다. 앞서 말했던 콘서트도 올드버러 근처의 스네이프 몰팅스 콘서트홀에서 열린 것이다. 너무나 바빴던 거장 피아니스트는 매년 아득히 먼 이곳을 찾았고, 창고 같은 자그마한 홀에서 얼마 되지 않는 청중을 상대로 이런 명연을 펼쳤다. 올드버러는 어떤 곳일까?

존 컨스터블, 「햄스테드 히스」, 1820년경, 캔버스에 유채, 피츠윌리엄 박물관, 케임브리지.

언젠가 꼭 그 해변 마을을 찾아가보고 싶다는 바람이 싹트기 시작했다.

케임브리지에서 입스위치까지 열차로 약 1시간 30분, 거기서 환승하여 삭스먼덤까지 30분을 더 간 다음, 또다시 버스를 타야 한다. 차창에는 평탄한 전원 풍경이 펼쳐진다. 높은 산이 없고 바다가 멀지 않기 때문일 것이다. 넓은 하늘에는 구름이 끝없이 움직인다. 존 컨스터블 John Constable (1776~1836)이 그린 풍경화 같다. 영국에 올 때마다 나는 항상 컨스터블의 풍경화를 떠올린다. 반대로 컨스터블을 볼 때마다 '이게 바로 영국이지.'라고 생각한다. 내 속에 만들어진 하나의 스테레오타입이라고나 할까.

삭스먼덤에서 내린 뒤 버스를 갈아타기 위해 정거장으로 향했다. 올드버러행은 막 떠나버려 다음 버스까지 1시간 넘게 기다려야 했다. 싸락눈이 섞인 바람이 강하게 불어왔다. 하는 수 없이 마을 중심가까지 걸어가 눈에 띄는 카페에 들어가서 택시를 부르기로 했다. 택시도 몇 대 없어 바로 올 수는 없다고 한다. 차를 마시면서 기다리는데 아직 시차에 적응하지 못해 피곤함이 몰려와 머리가 멍했다. 나중에 알았지만 중심가에는 다른 버스 노선이 있어서 그걸 타면 목적지까지 쉽게 갈 수 있었다. 하지만 그런 세세한 정보까지는 알 길이 없었고 누구도 가르쳐주지 않았다. 여행자가

올드버러 마을 초입에 있는 교회. 이곳에 브리튼과 피어스의 묘가 있다.

지불해야 할 비용 같은 것이다. 이렇게 여행이 계획한 대로 순조롭게 진행되지 못할 때, 나는 꽤 안절부절못하는 타입이지만 F는 아무렇지도 않고 평온하다.

겨우 택시가 도착해서 드디어 올드버러로 출발했다. '밭 가운데로 난 길(A1094라는 이름의 도로)'을 따라 달리다 보니 확연히 내리막길이 시작됐다. 주변보다 높은 평지에서 해안을 향해 내려가기 시작했기 때문이다. 마을의 초입으로 보이는 곳에 오래된 교회가 있었다. 교회 옆을 지나니 올드버러의 중심가다. 우선 여행자 안내센터에 내려 지도와 여러 가지 정보를 얻었다.

작은 상점들과 토산품 가게, 레스토랑 등이 모여 있는 중심가의 길이는 고작 1킬로미터도 되지 않았다. 정말이지 피서지다운 경관이지만 지금은 사람들의 기척이 거의 없다. 먼저 해안으로 나가본다. 바다는 조용하고 파도도 잔잔하다. 납빛의 거울 같은 해수면 위로 크고 작은 배가 천천히 떠다닌다. 아득한 저편 해안은 유럽 대륙의 네덜란드 근처일까. 넓은 해변은 모래가 아니라 작은 조약돌이 가득 깔린 자갈 해변이다. 해안을 따라 난 크래브 스트리트를 걷자 크래그 하우스가 보인다. 브리튼이 이 마을에서 음악제를 시작해보려는 생각으로 구입해 1947년부터 10년간 살았던 집이다.

나란히 놓인 브리튼과 피어스의 묘비.

나란히 놓인 무덤

브리튼과 피어스의 무덤을 찾아가기로 했다. 지도를 따라 걸어가다 보니 묘지는 앞서 택시를 타고 지나쳐온 교구 교회에 있었다. 잔디와 풀이 자란 뒤뜰을 묘지로 쓰고 있었다. 간명한 묘비가 늘어서 있는 곳을 지나자 브리튼이 잠들어 있는 곳을 금세 발견했다. 바로 곁에는 피어스의 무덤. 두 사람은 죽어서도 서로의 곁을 지키는 듯했다. F는 묘비 앞에 쪼그리고 앉아 동아시아의 불교식으로 합장하며 예를 갖췄다.

브리튼은 1913년에 태어나 1976년 세상을 떠났다. 1910년생으로 브리튼보다 세 살 많은 피어스는 브리튼이 죽은 해로부터 10년이 지난 1986년에 삶을 마감했다. 브리튼은 어린 시절부터 작곡을 했고 피아노와 비올라 레슨도 받았다. 여덟 살에는 사우스 로지 예비학교에 입학했는데 이 학교를 다니던 소년들은 교사에 의한 성적, 신체적 학대를 받았다고 한다. 브리튼이 당시 겪었던 일은 평생 그가 일관되게 강한 자의 지배에 대한 혐오감을 갖게 된 자신의 인격을 형성하는 데 큰 영향을 주었으리라 생각한다.

브리튼은 열네 살 무렵에 열 개의 소나타, 여섯 개의 현악 사중주, 오라토리오, 수많은 가곡, 그리고 몇 개의 피아노곡을 작곡

W. H. 오든.
윌프레드 오언.

했다. 열다섯 살까지 사립 예비학교를 다니다 홀트에 있는 공립 그
레셤 학교로 진학했다. 이후에 브리튼과 친구가 된 시인 W. H. 오
든W. H. Auden(1907~1973)은 이 학교의 선배이기도 하다. 작곡가 레
녹스 버클리Lennox Nerkeley(1903~1989)도 재학 당시부터 친한 벗이
었다.

　토니 브리튼Tony Britton(1924~)이 각본과 제작, 감독을 맡아
2013년에 개봉한 「벤저민 브리튼―평화와 갈등」이라는 영화가
있다.(일본어 제목은 「무엇이 브리튼을 반전주의자로 만들었나?」) 어느
날 음악 전용 케이블TV에서 이 영화를 본 것도 내 발걸음을 올드
버러까지 이끈 요인 가운데 하나다.

　영화는 예배당 안을 배경으로 시작하는데 그레셤 학교에서
제1차 세계대전에 종군했던 생도 가운데 100명이 전사했던 일과,
그 수가 당시 학생 수의 5분의 1에 해당한다는 사실을 소개한다.
학교의 교풍은 자유롭고 진보적이었으며 학생 중에는 공산주의
에 공명했던 이도 적지 않았다. 전쟁이 끝나고 얼마 지나지 않았
던 시기에 브리튼은 이러한 학교 분위기 속에서 성장했다. 브리튼
의 음악 동료들은 그의 재능을 칭찬했지만 작곡을 담당했던 교
사는 베토벤이나 브람스 풍을 학생들에게 요구하며 "스트라빈스
키는 (부도덕하기 때문에) 어른이 될 때까지 듣지 마라."고 명령할

벤저민 브리튼의 오페라 「피터 그라임스」의 한 장면. 새들러스 웰스 극장, 1963년.

만큼 보수적이었다.

브리튼은 이곳을 2년만 다니고 열일곱 살이 되기 전인 1930년에 왕립음악학교에 입학했다. 하지만 마찬가지로 보수적이던 분위기에 적응하지 못했고 빈의 알반 베르크^{Alban Berg}(1911~1935) 밑에서 배우고 싶다는 희망마저도 이룰 수 없었다. 결국 3년의 학창시절 동안 그의 작품은 단 한 번밖에 연주되지 못했다.

1933년에 아버지가 세상을 떠나 홀로서기를 해야만 했던 브리튼은 시인 오든을 도와 기록영화를 제작하게 되었다. 오든의 반전사상과 반권위주의는 브리튼에게 영향을 미쳤고 당시 대두하기 시작했던 나치를 향한 혐오감을 불러일으키게 했다.

1936년에 초연된 「사냥하는 우리 조상들」(소프라노, 테너, 오케스트라)은 전체 여섯 곡으로 오든의 시에 곡을 붙인 것이다. 영국의 귀족계급이 애호해왔던 수렵 풍습에 격한 혐오감을 드러내며 인간의 폭력성과 잔학함을 깊이 탄식하는 노래다. 철저한 비폭력 평화주의자였던 오든과 브리튼의 진면목이 드러나는 작품이다. 이 무렵부터 브리튼은 좌파 극단의 각본가이자 공산주의자였던 몬터규 슬레이터^{Montagu Slater}(1902~1956)와 친분을 쌓으며 그의 시에 곡을 붙였다. 브리튼은 이후 슬레이터가 쓴 각본으로 자신의 오페라 대표작 「피터 그라임스」(1944~1945)를 작곡했다.

———————————

피터 피어스.

브리튼과 파트너인 피터 피어스는 오페라의 원작이 된 조지 크래브^{George Crabbe}(1754~1832)의 시 「마을」을 읽고 이야기를 만들어갔다. 그 과정에서 주인공인 어부 그라임스의 캐릭터는 매우 복잡하게 변했다. 원작에서는 명백한 악한인 그라임스를 무자비한 운명 앞에 놓인 사회적 희생자로 바꾸었던 것이다. 브리튼은 이 작품을 다음과 같이 요약한다. "사회가 잔인해지면 사람들은 더 잔인해진다."

1938년 9월 30일 뮌헨회담의 결과로 영국과 프랑스 양국은 체코슬로바키아의 주데텐 지방이 독일로 편입되는 것을 용인했다. 약 22만 명의 난민이 병합 지역에서 체코로 피난을 가야만 했고 공산당원이나 사회민주당원은 독일로 송환되어 탄압을 받았다. 1939년 3월에 체코슬로바키아는 해체됐다. 같은 해 8월 독일은 독소불가침 조약을 맺은 후, 9월 1일 폴란드를 침공했다. 제2차 세계대전이 발발한 것이다. 브리튼은 전쟁을 피하기 위해 1939년 4월 피어스와 함께 영국을 뒤로하고 미국으로 떠났다. 병역을 거부한다는 뜻도 담겨 있었다.

브리튼과 피어스는 1934년에 서로 알게 되었고 1937년 옥스퍼드 대학에서 처음으로 공동 리사이틀을 개최했다. 당시 동성애는 범죄로 여겨졌다. 뉴욕으로 건너간 브리튼은 고국의 일반인뿐

80

81

만 아니라 음악계로부터도 비난을 받아야 했다. 국가와 국민이 직면한 곤경에서 도망쳤다는 비난이었다.

미국 체류 중이던 1940년에는 일본 정부로부터 '황기皇紀 2600년 봉축곡'의 기획에 맞춰 브리튼도 작곡을 위촉받아 「진혼교향곡」을 만들었다. 하지만 곡 내용이 기독교적이며 '봉축'에 어울리지 않는다는 논란이 일어나 결국 연주되지 못했다. 일본이 아직 영국과 미국을 상대로 전쟁을 시작하지 않았던 시점이었다.

반전평화주의자 벤저민 브리튼이 천황제 군국주의의 중요한 의전이었던 황기 2600년 기념제를 위해 작곡했다는 에피소드는 꽤 복잡하고 흥미롭다. 당시 브리튼은 아직 젊었고(28세), 미국에서의 타향살이로 경제적으로도 곤궁했다는 사실이 하나의 설명이 될 수 있다. 젊고 가난하며 야심이 넘쳤던 작곡가에게는 이 의뢰가 큰 기회로 여겨졌으리라는 점은 이상하지 않다. 또한 아무리 반전주의자라고 하더라도 유럽에서 자랐던 젊은이에게 머나먼 극동에 위치한 일본은 관념적이고 추상적인 존재였을 것이다. 그래서 절박한 위기감으로 다가오는 대상은 아니었으리라는 해석도 가능하다. 게다가 이미 오랜 경력과 명성의 소유자였던 독일의 대가 리하르트 슈트라우스Richard Strauss(1864~1949)도 이 위촉에 응해 작곡을 맡기도 했다.(「대관현악을 위한 일본 황기 2600년에 바

벤저민 브리튼과 피터 피어스의 미국 체류 시절. © Britten-Pears Foundation

치는 축전곡 작품 84」)

자신의 곡이 채용되지 않았던 일을 두고 브리튼은 《뉴욕 선》 지에 게재된 인터뷰에서 다음과 같이 이야기했다. "나는 될 수 있는 한 반전적인 곡으로 만들었습니다. (……) 부모님과의 추억에 이 교향곡을 헌정했지요. 일종의 진혼곡이기 때문에, 진혼 미사곡에서 「분노의 날」을 인용했습니다."(고바야시 게이코, 「벤저민 브리튼의 '전쟁 레퀴엠'」,《일본대학대학원 종합사회정보연구과 기요》No.13, 2012를 참고, 인용 부분의 원문은 영문.)

의도가 어떠했든 결과적으로 브리튼은 일본 군국주의를 비판하는 악곡을 보냈던 셈이다. 개인적인 생각으로는 브리튼의 곡이 일본 정부에 의해 채택되지 않은 것이 그에게 행운이었다. '위촉에 응했다는 불명예' 속에서도 '군국주의와는 사상을 같이하지 않아 명예를 지켰다'고 요약해볼 수 있으리라. 오늘날 이 곡은 이후 탄생할 「전쟁 레퀴엠」을 예고하는 명곡으로 평가받고 있다.

피터 그라임스

1942년 영국으로 귀국한 브리튼은 양심적 병역 거부를 공식적

올드버러에서 벤저민 브리튼과 피터 피어스.

으로 인정받아 그때부터 올드버러에 거처를 마련했다. 1948년에는 피어스, 각본가 에릭 크로저^{Eric Crozier}(1914~1994)와 함께 올드버러 음악제를 창설했다. 하지만 꽤 보수적인 마을이라 브리튼과 피어스 커플을 못마땅한 시선으로 바라보는 주민도 있었다고 한다. 이러한 소외감이 「피터 그라임스」에 반영되어 나름의 독창성을 부여했다고 말할 수 있을 것이다. 작품의 무대는 19세기 가공의 어촌 마을이지만, 모델은 올드버러다. 이 작품을 '동성애 억압에 대한 강력한 우의를 담은 이야기'로 보는 이도 있다.

아래는 리흐테르의 회상이다.(유리 보리소프, 『리흐테르는 말한다—사람과 피아노, 예술과 꿈』, 음악의벗, 2003년)

올드버러에서 브리튼의 칸초네타 「아브라함과 이삭」을 들었다. 놀라운 작품이며 실로 신성한 곡이다. 물론 피어스를 위해 작곡한 것이다. 브리튼에게 내 아버지의 이야기를 했다. 아버지가 어떤 식으로 나에게 구약성서를 '교육'했는지를. 그러자 벤(브리튼)은 손가락을 입에 대고 작은 소리로 자기의 비밀을 털어놓았다. 정말이지 신비로운 이야기였다.

그가 바닷가를 산책하고 있을 때의 일이었다. 아침 5시 무렵, 보통은 벌써 어부가 조업을 하러 많이 나와 있을 시간

올드버러 음악제가 열리는 스네이프 몰팅스 콘서트홀.

이지만 그때는 아무도 없었다. 하늘은 기묘할 만큼 푸른빛이었고 오렌지색 고리 몇 개로 덮여 있었다. 마치 반 고흐의 그림처럼. 하늘에서는 이런 소리가 들려왔다고 했다. 삐, 삐. 새가 우는 소리와 비슷했지만 한 번이 아니라 두 번이었다. 그소리 다음에 브리튼은 이런 목소리를 확실히 들었다고 했다. "어젯밤에 쓴 것을 불태워라!" 난감했다고 했다. 어느 것 하나도 태워버리고 싶지 않았기 때문이었다. 그렇지만 목소리는 거듭 들려왔다. 마치 최후통첩처럼. "불태워버려라!" 그런데 브리튼은 타고난 성격을 발휘하여 하나도 버리지 않았다. 대신 그 환청까지 받아 적어 그 칸초네타를 완성했다.

"슬라바, 어째서 내가 악보를 불에 태워버리지 않았는지 알아?" 벤은 나에게 물었다. "나에게는 저항의 혼이 뿌리내리고 있는 거야! '내가 질 것 같으냐?' 하는. 그런데 자네 속에 뿌리내리고 있는 건 뭐지?"

브리튼은 이른 새벽에 해변을 산책하는 일을 일과로 삼았다. 거기에서 얻은 영감에 관한 이야기다. 글 속에서 '칸초네타'라는 것은 영어로는 'canticle', 즉 '성가'로 번역된다. 여기에 대해서 리흐테르는 다음과 같이 말했다.

내가 미국에 갔을 때, 루돌프 제르킨이 아파트를 구해주겠다고 말을 꺼냈다. "돌아가지 말고 남아 있어줘……"라고 누구나 내게 부탁했다. (……) 그 이후 모두가 같은 질문을 했다. 왜 미국에 남지 않았지? 도대체 왜? 로스트로포비치도, 아슈케나지도……. 다음 두 가지 이유가 없었다면 나도 고려해봤을지도 모른다. 하나는 내가 제1호가 아니었다는 점. 이건 큰 문제다. 아무리 도망치려고 해도 끔찍한 모욕이 기다리고 있다. 만약 그쪽에 남았다면 사람들이 나에게 한 말은 달라졌을 것이다. 또 하나는 '저항의 혼'이다. 브리튼이 옳다. 내 속에도 그가 있다. 악보를 펼치지 않는 한.

브리튼은 동서 냉전 시대인 1963년에 처음으로 소련을 방문했고 그 후로도 때때로 찾았다. 첼리스트 므스티슬라프 로스트로포비치Mstislav Rostropovich(1927~2007)와 그의 부인인 소프라노 갈리나 비시넵스카야Galina Vishnevskaya(1926~2012)와 돈독한 친교를 맺었고 쇼스타코비치Dmitri Shostakovich(1906~1975)나 리흐테르와도 친구가 되었다. 리흐테르는 서방의 무수한 유혹을 거절하고 마지막까지 계속 소련에 남았던 음악가로 잘 알려져 있다. 그가 1958년에 불가리아의 소피아에서 열렸던 리사이틀은 서방 세계에서도

브리튼과 리흐테르의 공연 리허설 모습. 블리스버그 교회, 1965년.

레코드로 발표되어 지금도 불후의 명연으로 칭송을 받고 있다.

리흐테르는 1960년 5월에야 겨우 서방에서 연주할 수 있는 허가를 받고 헬싱키 콘서트에 '반주자'로 파견됐다. 당시 소련의 명연주자들은 서방 세계로 많이 망명했다. 그중 한 명이던 피아니스트 루돌프 제르킨도 그에게 미국 이주를 권유했다. 리흐테르는 이 권유를 받아들이지 않았다. 이유는 이데올로기와 관련되었다기보다 브리튼이 말했던 '저항하는 혼' 때문이었을 것이다. 그 '혼'이 무엇이었는지 간단히 설명하기는 불가능하다. 다만 그것이 리흐테르의 (또한 브리튼의) 예술적 혼과 통해 있음은 확실하다. 리흐테르는 동서 냉전 중에도 때때로 서방 세계로 순회공연을 떠났다. 그리고 브리튼과 나눴던 우정과 올드버러 음악제를 소중히 여겼다. 그는 소련의 붕괴를 내부에서 지켜보다가 1997년 8월 1일 모스크바에서 82년의 생애를 마쳤다.

브리튼은 제2차 세계대전 기간 중 대부분을 미국에서 보냈다는 사실에 죄책감 같은 것을 갖고 있었던 듯하다. 그는 종전 후 바로 유대계 바이올리니스트 예후디 메뉴인$^{Yehudi\ Menuhin}$(1916~1999)과 함께 독일을 방문하여 베르겐-벨젠 강제수용소 터를 찾기도 했다. 거기에는 제대로 된 옷 대신 연합군에게 지급된 모포를 몸에 두른 피골이 상접한 생존자들이 있었다. 메뉴인과 브리

튼은 이들을 대상으로 수차례 위문 연주를 했다. 이때 연주를 실제로 들었던 수감자 중 한 명이던 여성 음악가는 나중에 이렇게 회상했다. 수용되었던 사람들은 아직 차분히 음악을 들을 수 있는 상태가 아니었기 때문에 청중은 술렁거렸고 메뉴인은 연주가 힘든 듯 보였다고. 하지만 피아노 반주를 맡았던 브리튼은 훌륭했고 당시 자기는 브리튼의 이름조차 알지 못했지만 연주만은 기억에 깊이 남아 있다고 했다. 이 이야기를 듣고 브리튼은 "당시 나는 아직 무명이었기 때문에 기억을 못하는 것이 무리도 아니며, 게다가 공연 팸플릿에는 내 이름이 '보툰'이라고 잘못 기록되어 있었으니까."라고 언급했다.(영화 「벤저민 브리튼─평화와 갈등」 중에서)

이 경험은 앞으로 진행될 브리튼의 음악 세계에 깊은 영향을 주었고 평화주의의 신념을 더욱 강고하게 만들었다. 종전 이후에 브리튼은 정점을 향해 올라가듯 차차 대작을 만들어냈다. 그중 하나가 오페라 「피터 그라임스」다.

교회에서 해안으로 돌아왔다. 해변에 늘어선 간이 상점 중 몇 개가 문을 열었다. 훈제 고등어와 정어리, 어란을 사서 F와 나누어 먹었다. 맛이 좋았다. 흐렸다가 개었다가, 싸락눈을 흩뿌리기도 하며 날씨는 시시때때로 변했다. 해가 비추면 봄답게 따뜻했지만

올드버그 해변에 놓인 조개껍데기 모양의 기념조형물 「가리비」.

바람이 불면 갑자기 한기가 몸속으로 스며들었다. 우리 기분도 즐겁다가 가라앉는 등 확실치 않은 날씨와 비슷했다.

좁은 길의 막다른 곳까지 걸어갔지만 찾을 수 없어서 되돌아와 반대 방향으로 향했다. 그쪽 해변에는 브리튼과 그의 음악에 헌정된 기념조형물이 있다. 「가리비」라는 이름 그대로 높이 4미터의 철제 조개껍데기 형상이다. 2003년 11월에 설치되었다.

끝없는 황야와도 같은 해변을, 저편에 보이는 조개껍데기 기념조형물을 향해 F는 성큼성큼 걸어간다. 나는 그 뒤를 따라 느리게 걷는다. '브리튼은 매일 아침 이 해변을 걸었을 것이다. 그리고 하늘에서 들려오는 신비로운 소리에 귀를 기울였겠지. 어떤 소리였을까? 나에게도 들려오지는 않을까.' 그런 생각을 하면서.

가까이 다가가서 보니 철제 조가비의 위쪽 가장자리에 오페라 「피터 그라임스」에 나오는 다음과 같은 문구가 있다. "I hear those voices that will not be drowned(나는 물 속으로 사라져버리지 않을 그 소리들을 듣는다.)"

하지만 나에게 이 작품은 평범하게 보여 감흥이 조금 깨져버렸다. 그저 관광 진흥을 위해 만들어진 기념조형물 같아서 브리튼의 음악에 흘러넘치는 비통함과 서정성과는 어울리지 않았다.

코번트리 대성당.

전쟁 레퀴엠

「전쟁 레퀴엠」은 브리튼의 대표작이다. 브리튼은 이 곡의 총보 첫머리에 시인 윌프레드 오언이 남긴 한 구절을 써두었다.

> 나의 주제는 전쟁이며, 전쟁의 슬픔이다. 시는 그 비애 속에 있다. 오늘날 시인이 할 수 있는 것은 경고를 전하는 일이 전부다.

이 곡은 1962년 5월에 열린 영국 코번트리 대성당의 헌당식을 위해 교회가 위촉하여 만들어졌다. 원래 성 미카엘 대성당으로 불렸던 이곳은 1940년 독일 공군의 공중 폭격으로 파괴되어 새롭게 건립되었다. 이 공습 경험은 영국 국민에게 제2차세계대전을 상징한다고 해도 과언이 아니다.

나는 20년쯤 전에 코번트리를 방문한 적이 있다. 워릭 대학교에서 유학 중이던 친절한 일본인 청년이 폭격의 흔적이 남아 있는 대성당 터와 거기에 인접한 새로운 성당을 안내해주었다. 예전에 나는 연합군에 의한 전략 폭격으로 철저하게 파괴된 드레스덴에 갔다. 그때 피해의 상징이라고 할 수 있는 성모 교회를 찾은 적이

1940년 독일의 폭격으로 허물어진 성 미카엘 대성당.

있었기에 적대국 관계에 있던 영국과 독일 두 나라에서 공통적으로 전략 폭격의 피해를 입은 도시에 가보고 싶었다. 그렇지만 그 무렵에는 브리튼의 「전쟁 레퀴엠」에 특별히 깊은 관심이 없었고 모처럼 방문했던 코번트리 여행도 지금 생각하면 겉핥기식으로 끝났다. 20년이 지나 이미 늦어버렸지만 그런 생각이 떠올랐다.

브리튼이 1961년 12월에 완성한 이 대작은 1962년 5월 30일 헌당식에서 초연되었다. 브리튼은 솔리스트를 소련의 소프라노 갈리나 비시넵스카야, 영국의 테너 피터 피어스, 독일의 바리톤 디트리히 피셔 디스카우 Dietrich Fischer-Dieskau (1925~2012)로 하기로 처음부터 구상해놓았다고 한다. 제2차세계대전 유럽 전선의 교전국이던 이들 세 나라의 뛰어난 성악가가 한자리에 모여 같은 무대에 올라 진정한 화해를 확인하고 평화에 대한 다짐을 굳건히 하고 싶다는 바람 때문이었다. 1962년은 냉전이 한창이던 시대로, 그러한 시대에 이 곡의 초연을 치렀다는 것에 각별한 의의가 있었다.

하지만 비시넵스카야는 남편인 첼리스트 로스트로포비치가 갑자기 병이 나고 소련 당국도 출국정지 명령을 내려 영국에 올 수 없었고, 코번트리에서의 초연은 영국의 소프라노 헤더 하퍼가 대신했다. 관현악은 버밍엄 시티 교향악단, 총지휘는 메러디스 데이비스였다. 1년 후, 런던에서 브리튼이 직접 지휘하고 런던 교

향악단의 연주로 녹음이 이루어졌는데 이 녹음에는 비시넵스카야도 참가했다.

브리튼은 제1차세계대전에서 전사했던 시인 월프레드 오언의 시에 큰 감명을 받아 이 곡의 구성을 전통적인 라틴어 예배문과 오언의 시를 대비, 대위하는 방법을 택했다. 종교적 치유, 동시대 시인이 지녔던 분노와 고뇌의 언어가 교차하며 등장해 서로 격렬한 갈등을 벌인다. 브리튼은 이 곡에서 영국을 승리자로서 축하하는 것이 아니라, 전쟁은 모든 사람들에게 비참한 결과를 가져온다는 점을 보여주고 싶어 했다.

이 작품은 전체 6악장으로 구성되어 있다. 제1악장 '레퀴엠 에테르남'은 라틴어 예배문과 전쟁의 잔혹함과 병사의 비애를 노래한 오언의 시 부분으로 나뉜다. 테너가 "가축과 같이 죽은 사람들을 애도하는 종소리인가, 누구를 위한 종인가……"라고 분노를 담아 항의한다. 오언의 시 「전사할 숙명에 있는 젊은이들을 향한 성가」다.

제3악장에서는 바리톤이 "주의 명령에 따라 아브라함은 일어나 장작을 패러 밖으로 나갔다."라고 노래를 시작한다. 아브라함은 신과의 약속에 따라 어린 아들 이삭을 산 제물로 바치려고 한다. 가느다랗게 중얼거리는 이삭의 목소리, "아버지, 번제를 드

코번트리 대성당에서 「전쟁 레퀴엠」이 초연되었던 공간. cc by Diliff

릴 희생양은 어디에 있어요?" 돌연 하프 소리와 함께 천사의 목소리가 아브라함에게 명한다. "그 아이에게 손대지 말라, 아들 대신 '교만한 숫양'을 하나님께 바쳐라." 하지만 아브라함은 말을 듣지 않고 아들을 죽였고 "그리하여 유럽의 씨 절반이나 하나씩 하나씩 죽어버렸던 것이다." 천사가 "주여, 칭찬의 희생과 기도와 우리를 주께 바치옵니다."라고 호소하지만 칭찬의 희생이 아니라 헛된 죽음일 따름이며 천사의 말은 아무런 의미가 없다.

제6악장은 오언의 아래와 같은 시구(「기묘한 만남」)가 조용하게 울려퍼진다.

지금 인간은 스스로 멸망해가는 것에 만족하리라. 그렇지 않다면 만족 못하고 피투성이의 분노로 인해 인간은 절멸하리라. 인간은 멸망으로 달음박질해 가리라. 호랑이처럼 달려가면서.

국가가 진보를 멈춰도 인간은 오와 열을 흩트리지 않고 국가를 따르리라. 하지만 우리는 멈추자, 이 진행을! 뒷걸음치는 세계의 행진을! 이 행진은 성벽 없는 공허한 요새로 향하고 있다. 그리고 넘쳐흐르는 피가 전차의 바퀴에 핏덩어리를 만들었다면 나는 그 전차에 올라 그것을 달콤한 우물물로

썼어주리라. 그 우물을 아무리 깊게 파야만 한다 해도. 전쟁을 위하여 가장 달콤한 우물의 물을.

벗이여, 나는 네가 죽었던 적이다. 나는 이 암흑 속에서도 너를 알아차렸다. 왜냐하면 너의 미간의 주름을 본 기억이 있기 때문에. 어제 네가 나를 찔렀을 때, 너는 얼굴을 쩌푸렸지. 그때 네 미간에 생긴 주름을 내가 보았기에 기억하고 있다. 너의 공격으로부터 내 몸을 지키려고 했지만 손이 말을 듣지 않았지. 그래서 지금 내 손은 차가워져버렸다.

그러고는 테너와 바리톤 솔로가 "let us sleep now(자, 함께 잠들자)"라고 함께 부른다. 진혼의 종소리와 천사들의 합창이 들려온다. 이 긴 노래의 마지막 부분에는 어떤 비유조차 할 수 없을 만큼 비통함과 아름다움이 흐른다. 바리톤 피셔 디스카우는 연주회에서 노래를 부르며 감동한 나머지 눈물을 흘렸다고 한다.

바닷바람이 강해지고 해도 저물어 몸이 차갑게 식어버렸다. 버스가 올 때까지 아직 시간이 남았다. 나와 F는 눈에 띄는 호텔에 들어가 한숨 돌리며 쉬었다. 당당한 규모를 갖춘 고급 호텔이지만 꽤 낡았다. 비수기임에도 티 룸에서는 몇몇 가족 단위 여행

BENJAMIN BRITTEN

War Requiem

Op. 66

Words from the *Missa pro Defunctis*
and the poems of Wilfred Owen

My subject is War, and the pity of War.
The Poetry is in the pity.
All a poet can do today is warn.
WILFRED OWEN

ONE SHILLING

「전쟁 레퀴엠」의 총보 표지.

객들이 차를 마시며 오후를 즐기는 중이었다. 우리도 따뜻한 음료와 달콤한 간식을 먹었다.

오늘 하루 보고 들었던 것을 천천히 반추해본다. 머릿속에서 브리튼이 토머스 하디$^{Thomas Hardy (1840~1928)}$의 시에 곡을 붙인 가곡 「겨울의 언어」의 마지막 곡 「생명의 앞뒤」 마지막 행이 조용히 흘렀다. "How long , how long?(앞으로 얼마나, 얼마나 오래 걸릴까?)"이라고. 머릿속으로 테너 가수의 섬세한 목소리가 반복해서 맴돈다.

정말 앞으로 얼마나 지나야 할까? 제1차세계대전의 참화를 경험한 후 인류는 게르니카, 난징, 코번트리, 드레스덴, 아우슈비츠, 히로시마, 나가사키…… 그 밖에도 과거의 일들을 훨씬 능가하는 잔학과 무자비를 스스로 연출했다. 그 후로도 계속 이어진 한국, 베트남, 구 유고슬라비아, 팔레스타인, 이라크, 우크라이나, 시리아…… 아, 여전히 세계는 피투성이다. 대체 언제까지? 제1차세계대전 때 죽은 젊은 시인의 말에 인류가 귀를 기울이기까지는 앞으로 얼마나 더 시간이 흘러야 할까?

브리튼의 음악에는 이 어리석은 행진을 멈추게 할 힘은 없다. 하지만 그의 음악 자체가 무의미하다는 것을 뜻하지는 않는다. 그렇게 믿고 싶다. 그렇지만 앞으로 얼마나 더 지나야 할까?

Church of St. Peter and St. Paul

Blythburgh Church

Coventry Cathedral

"피어스는 브리튼에게 참 커다란 존재였네." F가 입을 열었다. "응, 그런 생각은 별로 하지 못했어."라고 나는 대답한다. 나는 아무래도 피어스가 브리튼의 그림자 뒤에 조용히 숨어 있는 구로코黒子(가부키 무대에서 검은 옷을 입고 배우 뒤에서 연기를 돕는 사람) 같은 존재라는 잘못된 이미지를 갖고 있었다. 하지만 알고 보니 그는 뛰어난 가수였을 뿐만 아니라 당당한 지식인이자 때로는 브리튼을 이끌어주던 사람이었다. 브리튼은 피어스라는 존재가 있었기에 그가 노래를 부를 것을 상정하고 수많은 명곡을 썼고, 피어스도 거기에 견실히 응했다. 고흐와 동생 테오가 그랬듯 브리튼과 피어스도 한 몸인 예술가였다고 말할 수 있을지도 모른다. 피어스에 대해서 더 알아야만 하겠다는 생각이 들었다.

케임브리지로 돌아갈 시간이 가까워졌다. 왔을 때와 같은 루트로 거꾸로 거슬러 돌아가게 된다. 버스에 올라 마을을 떠날 때 브리튼과 피어스가 나란히 잠든 작은 교회 옆을 다시 지나갔다.

3장

런던 I

모즈쿠 전쟁

3월 8일 케임브리지에서 런던으로 이동했다. 숙소에 짐을 풀고 해가 저물어갈 무렵 시내 중심가로 나섰다. 내가 처음 런던에 왔던 해는 1983년. 석 달에 걸친 서양미술 순례의 마지막 길에 들렀던, 추억이 서린 도시다. 그 후로도 몇 번인가 어떨 때는 혼자서, 어떨 때는 F와 함께 이 도시를 찾았다. 그때마다 어김없이 내셔널 갤러리, 테이트 갤러리, 코톨드 갤러리를 비롯한 여러 미술관으로 발걸음을 옮겼고, 운 좋게 때가 맞으면 오페라를 관람하거나 클래식 연주회장에 가기도 했다. 2001년 말에는 두 가지 큰 목표를 가지고 런던 여행을 떠났다. 하나는 21세기에 맞춰 새롭게 개관한 테이트 모던을 구경하는 것이었고 다른 하나는 코번트가든의 로열 오페라 하우스에서 바그너의 「파르지팔」을 듣는 것이었다.

그때로부터 이번 영국 여행까지 어느새 14년이 흘렀다. 결코 런던이 지겨워졌던 탓은 아니다. 그동안 우리는 여름마다 잘츠부르크 음악제에 다녔고, 미술에 관한 내 관심은 19세기 말에서 20세기까지의 독일과 오스트리아 미술을 향해 있었기 때문이다.

오랜만에 찾은 런던에 대한 인상을 말하자면, 물론 유서 깊고 오래된 도시라서 나름의 분위기가 남아 있었지만, 좋게 말하

면 활기가 넘쳤고 다른 말로 하면 꽤나 시끄럽고 북적대는 느낌이었다. 거리에는 검은 상자 같은 택시와 배기가스 냄새로 가득했던 예전의 런던. 그렇게 시대가 정체되어 있는 듯한 칙칙한 느낌이 싫지는 않았는데, 이제는 그 시절 런던의 분위기마저도 희미해져버린 듯하다.

이번 여행 역시 오페라나 콘서트를 감상하는 일정을 세웠기에 예약해둔 티켓을 받으러 극장 매표소로 향했다. 3월 9일에는 영국 내셔널 오페라에서 헨리 퍼셀의 「인도의 여왕」을, 10일에는 로열 오페라 하우스에서 쿠르트 바일Kurt Weil(1900~1950)(각본은 베르톨트 브레히트)의 「마하고니 시의 흥망성쇠」를 보기로 했다.

티켓을 받은 후 관광객으로 혼잡한 피카딜리 서커스의 일본 식료품점을 한 바퀴 돌았다. 특별히 일본 음식을 좋아하기 때문은 아니다. 내 혈압과 혈당 수치를 신경 쓰는 F가 여행지에서도 낫토나 해초 같은 것을 '입수'해서 '공급'하려고 했던 까닭이다. 나의 건강을 위해서라는 것은 물론 잘 알고 있지만 그게 귀찮아서 때때로 F와 다툰다. 그날도 런던 번화가 한복판에서 충돌이 발생했다. '모즈쿠'라고 부르는, 오키나와에서 건강식으로 자주 먹는 해초가 어째선지 런던 식료품 가게 앞쪽 진열대에 놓여 있었다. 당연하게도 일본에서보다 꽤 비쌌다. 모즈쿠를 발견한 순간 F는 '잘

영국 내셔널 오페라. 런던 콜로세움이라고도 불린다.

됐다!'라고 생각했겠지만, 나는 속으로 '아뿔싸!' 하고 생각했다. 기름진 잉글리시 브렉퍼스트를 먹으려고 기대하고 있었기 때문이다.

나는 사춘기 때부터 늘 건강에 무신경한 면이 있었다. 차림새에 관해서도 마찬가지다. 나는 생활이나 몸가짐 쪽에는 단정치 못하고 F는 규율과 훈련을 좋아한다. 그래서 나는 글쟁이고, F는 음악가인 것이다.(이런 식으로 잘라 말해도 괜찮을까?) 조금은 불량한 태도일지 모르겠지만, 무난하게 장수하는 삶에 지고한 가치를 두는 사고방식에는 공감이 되지 않는다. 오래 살고 싶다고 생각한 적도 없다. 그런 까닭에 매일 아침 규칙적으로 건강식을 챙겨먹는 것과 같은 일을 나는 잘 해낼 수 없다.

하지만 F의 눈으로 본다면 이런 내 모습은 말도 안 되는 '어리광'에 지나지 않는다. F에 따르면 건강을 유지하는 일은 오래 살기 위해서가 아니라, 세상을 떠날 때 될 수 있는 한 고통을 적게 하기 위함이다. 나이를 먹고 건강을 잃으면, 가장 먼저 자기 자신부터 겪지 않아도 될 고통을 맛보게 될 뿐만 아니라 주위 사람들에게도 큰 폐를 끼치게 된다. 이런 점을 제대로 자각하고 평소에 미리 준비해야만 한다는 지론이다. 맞는 말이다. 반박할 수가 없다. 게다가 나 스스로도 젊은 시절처럼 불량자를 자처할 수만은 없다

영국 내셔널 오페라의 내부 객석. cc by colin

는 사실도 충분히 깨닫고 있다. 알고도 남지만 여전히 오래된 성벽이 때때로 고개를 내밀어 충돌로 이어진다. 나는 이럴 때 벌어지는 싸움을 내 멋대로 '모즈쿠 전쟁'이라 이름 붙였다. 사람은 포탄이 날아다니는 전쟁터에서 목숨을 잃지만, '모즈쿠 전쟁'에서도 전사하지 않는다고는 말할 수 없다. 이 전쟁의 결말은 언제나 나의 무조건 항복으로 끝난다.

인도의 여왕

영국 내셔널 오페라는 지하철 채링크로스 역에서 내려 트라팔가 광장과 내셔널 갤러리를 왼쪽으로 바라보면서 레스터스퀘어 역 방향으로 조금만 걸어가면 오른쪽에 있다. 주변은 뮤지컬이나 연극을 공연하는 크고 작은 극장으로 가득하다. 로열 오페라와 비교해 한 수 아래로 보는 경향도 있지만 대담하고 의욕적인 연출로 주목을 받을 만한 곳이다. 이 극장에서 호평을 받은 신인이 로열 오페라에 출연한 후 더 나아가 세계 일류 극장까지 진출하는 순서를 밟으며 승승장구하는 일이 종종 있다. 그때까지 나는 영국 내셔널 오페라에 대해서는 그다지 아는 바가 없었다. 여행을 하면

헨리 퍼셀.

서 공연을 관람하기에는 시간이 한정되어 있기 때문에 아무래도 예측하기 어려운 프로그램은 피하기 마련이다. 그래서 저명한 연주가가 펼치는 유명 작곡가의 작품을 우선 선택해버리곤 한다. 이번에는 조금 모험을 해보자는 취지로 영국 내셔널 오페라 극장에 처음으로 도전해보기로 했다.

작곡가 헨리 퍼셀Henry Purcell(1659~1695)의 이름은 물론 알고 있었지만 「인도의 여왕」이라는 작품에 대해서는 몰랐다. 이 오페라를 보기로 마음먹은 이유는 연출가 피터 셀러스Peter Sellars(1957~) 때문이었다. 현재 세계 오페라계의 최전선에서 활약하고 있는 그는 인기와 재능을 겸비한 인물이다. 나는 그가 연출한 카이야 사리아호Kaija Saariaho의 「먼 곳으로부터의 사랑」(잘츠부르크 음악제), 존 애덤스John Adams의 「중국에 간 닉슨」(메트로폴리탄 오페라, 라이브 뷰잉)을 본 적이 있다. 이번 각본은 퍼셀의 미완성 작품을 동생 대니얼 퍼셀Daniel Purcell(1664~1717)이 보완하여 마무리한 원작을 셀러스가 재구성한 것이라 사실상 셀러스의 작품이라고 불러도 좋다.

이야기의 무대는 '인도'가 아니라, 서양인들이 그곳을 '인도'라고 믿었던 무렵의 신대륙이다. 1520년 스페인 사람들이 자행한 원주민 학살사건을 배경으로 삼아 멕시코 왕의 지위를 빼앗았

코번트가든의 쇼핑센터.

던 여왕 셈포알라가 스스로 목숨을 끊기까지 벌어진 비극을 다룬다. 피터 셀러스에게는 항상 감탄하지만 이번에도 기대를 저버리지 않았다. 우아한 퍼셀의 음악을 이렇게 요리하다니, 실제로 보기 전까지는 상상하지 못했던 공연이었다.

코번트가든

코번트가든은 영국 내셔널 오페라에서 멀지 않다. 원래는 청과 도매시장이었는데 뮤지컬 「마이 페어 레이디」의 무대이기도 했고 지금은 고급 쇼핑센터로 바뀌었다. 로열 오페라 하우스의 역사는 멀리 17세기로 거슬러 올라간다. 18세기에는 헨델의 오페라가 많이 상연되었으며 다양한 변천을 거쳐 제2차세계대전이 끝나고 1946년 2월 20일에 다시 문을 열었다. 1996년부터 2000년까지는 4년 동안 대규모 개축 공사가 이루어졌다.

　내가 처음 이곳을 찾았던 해는 공사가 시작되기 전이었다. 공연은 분명 플라시도 도밍고Placido Domingo(1941~)와 키리 테 카나와Kiri Te Kanawa(1944~)가 출연한 베르디의 「오텔로」였다고 기억한다. 두 사람은 나조차 이름을 알고 있을 정도로 당대 최고의 가수

로열 오페라 하우스.

들이었다. 테 카나와는 이제 은퇴했지만 도밍고는 바리톤으로 음역을 바꾸어 여전히 활약하고 있다. 테 카나와의 목소리는 꽤 금속성이라 사실 내 취향은 아니다. 나는 부드럽고 깊이가 있는 소리가 좋다. 그럼에도 내가 그녀에게 관심을 갖는 이유 중 하나는 테 카나와가 뉴질랜드 원주민의 피를 이어받았기 때문이다. 음악적으로는 불순한 동기일지 모르겠지만, 낳아준 부모가 누구인지 모른 채 어린 아이일 때 아일랜드인과 뉴질랜드 마오리족 출신 부부의 양녀가 되었다는 성장 이력이 내 마음을 끌어당겼던 셈이다. 그런 존재, 말하자면 '포스트콜로니얼'적인 존재가 유럽 음악의 정수라고 여겨지는 오페라를 어떤 식으로 해석하고 노래할까?(그것도 「오텔로」의 '데스데모나'를.)

음반으로 물론 자주 들었지만 한 번은 라이브로 듣고 싶었다. 하지만 공연 티켓은 당시 내 주머니 사정으로는 도저히 손에 넣기 힘들 정도로 비쌌다. 어쩔 수 없이 단념할 수밖에 없었던 나는 오페라 대신 코벤트가든에서 그리 멀지 않은 차이나타운에서 혼자 간단히 밥을 먹고 싸구려 숙소로 돌아왔다. 로열 오페라 하우스에서 내가 실제로 공연을 관람한 것은 그로부터 훨씬 뒤인 2001년 사이먼 래틀^{Simon Rattle}(1955~)이 지휘한 바그너의 「파르지팔」을 보았을 때다. 이 경험에 대해서는 예전에 쓴 적이 있어

로열 오페라 하우스의 객석.

서 이번 글에서는 다루지 않는다.(서경식, 『디아스포라 기행』, 돌베개, 2006년)

마하고니 시의 흥망성쇠

이번 여행에서는 「마하고니 시의 흥망성쇠」를 보기로 했다. 이른바 고전적 오페라와는 다른 작품이다. 2005년 가을에 베를린 국립 오페라 극장에서 처음 본 이후 두번째 관람이다. 이 오페라는 영어 버전으로 새롭게 연출한 작품이며 로열 오페라로서도 초연이라고 했다. 공연 포스터에 실린 홍보 문구는 이러했다.

돈과 향락에 중독된 도시. 그 도시를 집어삼키는 경제적 위기. 돈이란 진정한 해답일까, 아니면 심각한 문제의 원인일까? 누가 그걸 알 수 있을까? 나치로부터 금지당해 1960년대까지 쉽게 접할 수 없었지만, 지금은 음울하고 풍자적인 천재의 작품으로 여겨지는 오페라.

로열 오페라 하우스 맨 끝자리에 앉아 멀리 무대를 내려다보니 무

로열 오페라 하우스의 오페라 공연「마하고니 시의 흥망성쇠」의 한 장면. © ROH 2015

대미술의 웅장함과 참신함에 압도되어 숨을 삼키고 말았다. 공연 팸플릿에는 현재 세계에서 가장 비싸게 거래되는 사진가 안드레아스 구르스키^{Andreas Gursky}의 작품이 실려 있었는데 실제로 그가 제작한 사진 이미지는 현대 자본주의의 도상 그 자체다.

오페라의 배경이 되는 마하고니는 지명수배 중인 불량배 세 사람이 황야에 건설한 도시로서 향락 산업으로 크게 번영한다. 하지만 그곳에 모인 사람들은 배금주의에 농락당하고 도시는 황폐해진다.

로열 오페라의 연출가이자 총감독인 카스퍼 홀텐^{Kasper Holten}(1973~)은 공연 프로그램 팸플릿에서 설명하기를, 이 이야기가 배경이 되었던 1920년대 바이마르 공화국과 지금의 상황을 견주어보면 더하면 더했지 뒤지지 않을뿐더러 오늘날의 런던을 보여주고 있는 듯한 느낌도 든다고 했다. 확실히 극장 밖을 나오니 거리의 표정은 도쿄나 서울처럼 번잡하다. 마하고니를 덮친 허리케인처럼, 신자유주의의 광풍이 이 도시에도 불어닥치고 있는 것이다.

주인공 세 명 가운데 여성 악당 베그빅 역은 스웨덴 출신의 메조소프라노 안네 조피 폰 오터^{Anne Sofie von Otter}(1955~)가 맡았다. 말할 필요도 없이 현대를 대표하는 성악가 중 한 명이다. 특히

오페라 「장미의 기사」에서 옥타비안 역을 맡은 안네 조피 폰 오터.

모차르트와 리하르트 슈트라우스의 오페라, 브람스나 말러^{Gustav} ^{Mahler}(1860~1911)의 가곡에 정통하다.

1994년에 빈 국립 오페라 극장에서 카를로스 클라이버^{Carlos} ^{Kleiber}의 지휘로 상연된 리하르트 슈트라우스의 오페라 「장미의 기사」는 현대음악사에 대대로 남을 명연이었다. 이때 주연 가운데 대원수의 부인 역은 펠리시티 로트^{Felicity Lott}(1947~)가 맡았고 조피 역에는 바버라 보니^{Barbara Bonney}(1956~), 그리고 부인의 젊은 애인 옥타비안을 안네 조피 폰 오터가 연기했다. 나는 이 공연을 현장에서 직접 경험할 수는 없었지만 영상으로 몇 번이나 보면서 오터의 늠름한 노래와 연기에 매료됐다. 그랬던 오터가 이제 환갑에 가까운 나이가 되어 여성 악역을 맡았다. 그것만으로도 이미 하나의 사건인 셈이다.

로열 오페라의 「마하고니 시의 홍망성쇠」는 오터를 비롯한 가수들의 실력이 출중했고 무대미술도 더욱 돋보였지만 개인적인 취향으로 말하자면 2005년 베를린에서 처음 봤던 공연이 더 좋았다. 물론 바일과 브레히트^{Bertolt Brecht}(1898~1956)의 작품을 다름 아닌 베를린에서 보았다는 '현장의 힘'도 크게 작용했음이 틀림없을 테지만. 그때 베를린 국립 오페라 하우스에서 베그빅 역을 맡았던 이는 1941년 미국 몬태나 주 출신의 캐런 암스트롱^{Karan}

쿠르트 바일.

Armstrong(1941~1966)이었다. 캐런은 풍파에 닳고 닳은 초로의 여성을 당당한 존재감을 드러내며 연기했다. 내 선입견도 작용했겠지만 그 점에서 오터는 성장 배경이 너무 좋다고 할 수 있다. 스톡홀름 출신인 오터는 외교관이었던 아버지를 따라 본과 런던에서 자랐다.

작곡가 쿠르트 바일은 독일 데사우의 유대계 집안에서 태어났다. 스무 살 무렵에 베를린에서 작곡가이자 피아니스트인 페루초 부소니Ferruccio Busoni(1866~1924)에게 배웠고, 그 후 말러, 쇤베르크Arnold Schönberg(1847~1951), 스트라빈스키Igor Stavinsky(1882~1971)의 영향을 받았다. 1928년에는 베르톨트 브레히트와 공동 작업으로 「서푼 짜리 오페라」의 음악을 감수했다. 1920년대 후반부터 1930년대 초반, 즉 바이마르 공화국 말기에 바일의 음악은 대중들 사이에서 크게 유행하여 단숨에 유명인이 되었다. 하지만 유대인이었기에 나치 당국은 그를 위험인물로 간주했다. 공연장에서는 나치 당원의 폭동이 몇 번이나 일어났고 당국의 폭력적인 간섭으로 공연을 중단해야만 했던 일도 종종 벌어졌다. 그래서 바일은 히틀러가 정권을 수립한 1933년에 파리로 도망쳐 망명지에서 브레히트의 무용극 「일곱 개의 대죄」의 음악을 작곡했다. 1935년에는 미국으로 이주하여 수많은 뮤지컬을 만들

베르톨트 브레히트와 그의 아들 슈테판.

었으며 1950년 뉴욕에서 심장마비로 세상을 떠났다.

브레히트

베르톨트 브레히트에 대해서는 하고 싶은 말이 무척 많다. 돌이켜 보면 열두세 살 무렵 브레히트와 처음 만났다. 중학교 1학년 때 우리 반은 학교 문화축제에서 연극을 하기로 했다. 우리는 당시 학생 연극의 대명사라고 할 수 있을 기쿠치 간菊池寬(1888~1948)의 「바다의 용자」를 골랐다. 50년도 더 지난 일이라 내가 연극에서 어떤 분야를 담당했는지는 정확히 기억나지 않지만 연기를 한 기억은 없으므로 연출이었는지도 모른다.

　연극 연습에 여념이 없던 무렵, 형의 친구였던 재일조선인 L 형이 우리 집에 놀러왔다. 독일 철학을 전공하는 대학생이자 수재로 이름이 자자했던 그는 언제나 어려워 보이는 독일어 원서를 읽고 있었다. 하지만 가난한 살림이라 대학을 졸업하고는 주물 공장의 노동자가 되었다. L 형이 아직 아이였던 나에게 장난치듯 가볍게 "그래 요즘은 뭐하고 지내니?"라고 물었는데 나는 긴장하며 연극 연습으로 바쁘다고 대답했다. "음…… 연극이라고? 어떤?"

L 형이 거듭 물어오자 기쿠치 간의 「바다의 용자」라고 대답했다. 그는 고개를 저으며 희미한 미소를 띠다가 "그래? 기왕 연극을 한다면 브레히트를 읽지 않으면 안 돼."라고 말했다. 브레히트? 의아해하는 내게 L 형은 두꺼운 안경 너머로 눈을 가늘게 뜨고서 '소격효과' 같은 난해한 개념과 용어를 설명해주고는 『오늘날의 세계는 연극으로 재현 가능한가?』라는 책을 읽으라고 권했다. 일본의 연출가이자 연극배우 센다 고레야千田是也(1904~1994)가 브레히트의 연극론을 묶어서 번역했던, 1962년 당시 막 출간된 책이었다.

어떤 일이든 내 능력 밖의 것까지 해내려고 애썼던 나는 바로 그 두꺼운 책과 씨름했지만, 거의 알아먹을 수가 없었다. 다만 내가 이해했던 것은 L 형이 나를 아이 취급하며 깔보지 않고 오히려 대등한 어른처럼 대해주었다는 점, 그리고 '오늘날의 세계'를 이해하고 또 '재현'하기 위해서는 이런 난해한 책과 씨름하지 않으면 안 된다는 것, 덧붙여 '브레히트'라는 인물은 어쨌건 그러한 분야에서 세상 사람들에게 존경받고 있다는 사실이었다.

고등학교에 진학한 이후에는 연극 감상 서클에 들어가 브레히트의 「억척어멈과 그 자식들」, 「제3제국의 공포와 참상」, 「갈릴레이의 생애」 등을 보았다. 당시 일본 사회에서는 '신극新劇'이라 일컫던 진보적 연극 운동이 성행했다. 교토 시내 중심부에 데라마

교토 데라마치의 산가쓰쇼보.

치寺町라는 오래된 거리가 있는데 이름대로 절도 많았지만 차나 전통과자를 파는 가게와 골동품상이 늘어선 차분한 분위기의 동네였다. 31세에 폐결핵으로 사망한 가지이 모토지로梶井基次郞 (1901~1932)의 소설『레몬』의 모델이 된 과일 가게도 당시에 아직 남아 있었다. 지금은 관광객으로 북적거리는 곳이다.

그 거리에 소설가 이케나미 쇼타로池波正太郞(1923~1990)나 야 마구치 히토미山口瞳(1926~1995)가 즐겨 찾던 오래된 양과자점이 있었고, 바로 맞은편에는 인문 관련 서적을 풍부하게 갖춘 산가 쓰쇼보三月書房라는 작은 서점이 있어서 고등학생이던 나는 하굣 길에 종종 그곳에 들르곤 했다. 이곳에는 이즈카쇼텐 출판사에서 나왔던 세계시인전집(이었다고 생각된다.)이 구비되어 있었으며, 터 키 시인 나짐 히크메트Nâzım Hikmet(1902~1963)의 시집도 그 시리즈 에 포함되어 있었다. 어느 날 작심하고 전집 가운데『브레히트 시 집』을 샀던 나는 그중에서도 브레히트가 망명생활 중에 쓴 시「후 손들에게」를 반복해서 읽었다.

> 너희들, 우리가 잠겨버린 밀물로부터
> 언젠가 떠오르게 될 너희들은
> 생각해다오.

우리의 허약함을 이야기할 때

이 시대의 암울함도,

너희들이 겪지 않았던 이 암울함까지도.

사실 우리는 신발보다 더 자주 나라를 바꿔가면서

절망적으로, 계급 간의 투쟁을 거쳐 왔던 게다.

불의만이 판을 치고, 반항은 사라졌을 바로 그때에.

그렇지만 우리는 물론 알게 되었단다.

증오는, 비천함에 대한 증오조차

표정을 일그러뜨린다는 것을,

분노는, 불의에 대한 분노조차

목소리를 쉬게끔 한다는 것을. 아, 우리는

우애의 터전을 준비하려고 했던 우리 자신조차

우애로만 살아가는 것이 불가능했단다.

그렇지만 너희들은,

언젠가 때가 오면,

사람과 사람이 서로에게 손을 뻗는 그런 때가 오거든

생각해다오, 우리들을,

모쪼록 넓은 마음으로.

1954년 베를리너 앙상블 건물 지붕에서 손을 흔들고 있는 브레히트와 그의 아내 헬레네 바이겔.

이 시집의 번역자는 브레히트 연구의 일인자라 할 수 있는 교토 대학의 노무라 오사무野村修 선생이다. 1998년에 세상을 떠났기에 나는 얼굴을 뵐 기회가 없었지만 F는 젊은 시절 한때 교토의 괴테 인스티튜트(독일문화원)에서 선생으로부터 독일 시 강독 강의를 들었다고 했다.

생각해보면 그 무렵은 제2차세계대전이 끝난 지 거의 20년 밖에 지나지 않았던 시절이다. 20년이라니, 지금 생각하면 눈 깜짝할 사이다. 고등학교 1학년이었던 나는 저 먼 나라의 시인이 부르는 소리를 다름 아닌 '후대 사람'의 위치에 서서 읽었던 것이다. '암울한 시대'가 아직 지속되고 있다고는 해도 어디까지나 내 뒤편에 놓여 있는 듯 생각했다. 그 시절로부터 거의 반세기가 지나버렸다. 뭐라고 말해야 할까. '암울한 시대'는 여전히 지속되고 있다. 나의 앞쪽으로, 끝도 없이. 지금 나는 런던에서 브레히트의 목소리에 덧붙여 '후대 사람'들에게 호소하는 심경으로, 이 시를 떠올리고 있는 셈이다.(2014년 5월에 일본 오사카에서 강연을 할 때, 청중 가운데 젊은 재일조선인과 일본인을 염두에 두고 이 시를 인용하며 낭독한 적이 있다.)

「아르투로 우이의 출세」, 베를리너 앙상블의 공연, 1959년.

괴물을 낳은 자궁

어느덧 대학 교수로서 살아가게 된 나는 2005년 학생들을 인솔해서 베를리너 앙상블의 도쿄 공연을 보러 갔다. 상연작은 브레히트 원작, 하이너 뮐러$^{Heiner Müller}$ (1929~1995) 연출의 「아르투로 우이의 출세」였다. 베를리너 앙상블은 브레히트가 중심이 되어 전후 동베를린에서 창설한 극단이며, 이 작품은 브레히트가 1941년 미국으로 건너가기 전 헬싱키에서 쓴 희곡이다. 히틀러가 자행한 권력 탈취 과정을 시카고의 한 불량배가 갱단의 보스 자리에 오르는 상황으로 바꿔 풍자적으로 그렸다. 나치가 유럽을 모조리 정복할 듯한 기세를 과시하던 그 무렵, 브레히트는 이 연극 작품을 통해 제3제국의 총통을 웃음거리로 만들었던 것이다.

　　브레히트는 제1차세계대전 당시 위생병으로 종군했고 전쟁이 끝나자 바이에른 혁명에 직접 참가했다. 히틀러 역시 하사 신분으로 제1차세계대전에 참전했고 제대 후에도 패전 사실을 인정하지 않은 채 반유대주의와 배외주의를 부르짖으며 극우 군소 정당의 일원으로 정치활동을 시작했다. 두 사람은 동시대를 살아간 불구대천의 원수였다고 할 수 있다. 브레히트가 각본을 맡고 바일이 작곡한 「마하고니 시의 흥망성쇠」는 1930년에 초연을 올렸는

토마스 만.

데, 3년 후인 1933년에 히틀러가 수상 자리를 거머쥐고 나치 정당
이 정권을 탈취했다. 망명생활에 들어간 브레히트는 이후 15년 동
안 오스트리아, 덴마크, 스웨덴, 핀란드, 소련, 프랑스, 영국, 그리
고 미국을 전전했다. 놀라운 점은 브레히트가 이런 망명생활 중에
도 수많은 작품을 만들어내며 쉬지 않고 투쟁을 이어갔다는 사
실이다.

노벨상을 수상한 작가 토마스 만$^{Thomas Mann}$(1875~1955)도 브
레히트와 마찬가지로 나치의 지배를 피해 1933년부터 해외에서
망명의 나날을 보냈다. 만과 브레히트는 1941년 이후 미국의 로스
앤젤레스 근처에 머물렀다. 두 사람은 독일에서 건너온 망명자 동
지들과 함께 전후 체제에 대해 논의할 기회도 있었던 듯하지만 의
기투합하여 뭔가를 도모하지는 않았다. 만은 망명지에서 자세한
일기를 남겼으나 브레히트에 대한 언급은 이상하다고 생각될 만
큼 적다고 한다. 만의 일기를 연구한 독문학자 이케우치 오사무^{池}
^{內紀}는 두 사람의 스타일에서 나타는 차이를 다음과 같이 대비했
다. "토마스 만은 언제나 흠잡을 데 없는 신사였다." 이에 비해 베
르톨트 브레히트는 "괴짜들의 대장 또는 인텔리 실업자", "동네 건
달 형님이자 빈틈없는 문학적 브로커, 암시장 상인처럼 돈을 모으
는 재주도 있었던 사람"이었다.(이케우치 오사무, 『싸우는 문호와 나치

루돌프 슐리히터, 「브레히트의 초상」, 1926년경.

독일』, 주코신서, 2017년)

과연 절묘한 표현이다. 그런 사람이 아니었다면 15년이나 되는 힘든 망명생활 속에서 끝까지 싸워내지 못했으리라. 또한 그랬기에 「아르투로 우이의 출세」와 「마하고니 시의 흥망성쇠」 같은 전대미문의 명작을 만들어낼 수 있었던 것이다.

제2차세계대전이 끝나자마자 브레히트가 머물던 미국에서는 매카시즘의 광풍이 영화계와 연극계에 휘몰아쳤다. 이러한 분위기를 감지했던 브레히트는 1947년 스위스로 탈출하여 1948년 말에 동베를린으로 귀국했고, 1956년 그곳에서 세상을 떠났다. 「아르투로 우이의 출세」는 브레히트가 죽은 후 1958년에 처음 무대에 올랐다. 연극의 에필로그에는 "이 괴물을 낳은 자궁은 여전히 건재하다."라는 유명한 경구가 등장한다. 아우슈비츠의 생환자인 이탈리아 작가 프리모 레비도 자신의 저서 『이것이 인간인가』의 1972년 개정판 서문 「젊은이들에게」에서 이 말을 인용한 바 있다.

오페라 「마하고니 시의 흥망성쇠」는 큰 갈채를 받으며 막을 내렸다. 흥분이 채 가라앉지 않은 관객들과 뒤섞인 채 F와 나는 코번트가든으로 휩쓸려 나왔다. 밤은 이슥했지만 거리는 여전히 밝

취리히 리마트 강 건너편으로 보이는 그로스뮌스터 대성당.

왔고, 서로 친밀해 보이는 사람들은 세련된 카페나 펍으로 몰려갔다. 경쾌하고 절묘한 기지, 신랄한 풍자, 압도적인 무대미술, 일류 예술가들이 펼쳐낸 노래와 춤……. 나 역시 물론 만족스러웠다. 그렇지만 한편으로 마음이 복잡했다. 이곳에서 나는 '브레히트'라는 키워드를 통해 열두 살 이후 반세기에 걸쳐 지나온 나의 인생을 되돌아볼 수 있었다. 제1차세계대전이 끝난 후 펼쳐진 나치즘의 흥망, 제2차세계대전에서 시작하여 사회주의권의 붕괴를 거친 지금까지의 인류사를 돌이켜보게 되었다. 과연 나는 제대로 살아가고 있다고 말할 수 있을까. 인류 사회는 나아지고 있다고 말할 수 있을까. 무엇보다 "이 괴물을 낳은 자궁"은 이제 사라졌다고 말할 수 있을까.

관객들 대부분은 오페라를 무척 즐겁게 본 듯했지만 이 작품을 즐긴다는 것은 과연 어떤 행위일까. 「마하고니 시의 흥망성쇠」는 최고 수준의 '오락'이 될 수 있을까. 그리고 "오늘날의 세계는 연극으로 재현 가능한가?" 어린 시절의 나에게 던져졌던 무거운 질문이 반세기가 지나 먼 곳 런던에서 머릿속에 되살아나 마음을 들쑤셨다.

파울 첼란.

취리히

3월 11일부터 16일까지 닷새 동안은 런던을 잠시 떠나 스위스 취리히로 갔다. 그곳의 시민단체가 주최한 원전 반대 영화제에 초대받았기 때문이다. 내가 출연했던 NHK 프로그램 「마음의 시대— 후쿠시마를 걸으며」의 영상을 자료로 보여주며 짤막한 강연을 했다. 많다고는 할 수 없지만, 스위스 각지에서 온 청중이 행사장을 채웠고 그들 중에는 일본인이나 한국인의 모습도 보였다. 진지함과 따뜻함이 느껴지는 모임이었다.

스위스에서는 강연 일정 외에도 몇몇 미술관을 다시 가보고 유서 깊은 한 호텔도 찾아갔다. 예전에 파울 첼란^{Paul Celan}(1920~ 1970)과 넬리 작스^{Nelly Sachs}(1891~1970)가 만났다는 호텔이다. 지인인 독문학자 기타 아키라 씨가 그곳에 대한 정보를 귀띔해주었다. 취리히 호수에서 흘러들어온 물길이 좁아지는 곳인 그로스뮌스터 대성당 근처에 위치해 있었다. 주변은 휴양을 하러 온 사람들과 관광객으로 북적거렸다.

첼란은 1920년 동유럽 부코비나 지방의 체르노비츠에서 태어났다. 이 지역은 18세기 후반까지는 터키 제국의 영토였고, 그 이후로는 합스부르크 제국령이었으며, 제2차세계대전 후에는 루

넬리 작스.

마니아의 차지였다. 우크라이나인, 루마니아인, 유대인, 독일인, 폴란드인, 헝가리인 등이 대립하면서 공존하는 다민족, 다문화, 다언어 지역이었다. 지금은 우크라이나와 루마니아가 이곳을 양분하고 있다.

제2차세계대전 시기에 이곳에는 소련군과, 이에 대항하는 루마니아와 나치독일 연합과의 전선이 형성되었다. 충돌 과정에서 유대인 주민은 소련군에 의해 시베리아로 강제 이송되거나 독일군에게 조직적으로 학살당하는 고초를 겪었다. 첼란의 부모는 독일군의 강제수용소에서 살해당했고 첼란도 강제 노동을 당했지만 가까스로 살아남아 종전을 맞을 수 있었다. 전쟁이 끝난 후 첼란은 빈을 거쳐 파리에서 거주하면서 '적의 언어'인 독일어로 시를 써내려갔다.

넬리 작스는 1891년 베를린의 유복한 유대인 가정에서 태어났다. 일찍부터 시를 발표했는데 나치 정권이 수립되어 압박을 받자 1940년에 늙은 어머니와 함께 스웨덴으로 망명했다. 그러나 그의 약혼자는 나치에게 생명을 잃고 말았다. 이후 작스는 생계를 꾸려가기 위해 스웨덴 시를 독일어로 번역하면서 자신의 시를 썼고 1966년에는 노벨 문학상을 수상했다.

한국의 현대음악가 윤이상 역시 한국 군사정권에 의한 탄압

스토르헨 취리히 호텔.

의 희생자였다. 그리고 결국 망명지 베를린에서 삶을 마감했다. 그는 1980년 5월, 계엄군이 많은 시민을 살육했던 광주의 소식을 접하고 넬리 작스의 시를 이용하여 실내악 작품 「밤이여 나뉘어라」(1980)를 작곡했다.

> 밤이여 나뉘어라
> 너의 빛나는 두 날개는 전율하고
> 나는 이제 떠나려 한다
> 피투성이의 밤을
> 되돌려 주려기에.

첼란은 파리에서, 작스는 스톡홀름에서 정신이상으로 괴로워하면서 망명생활을 했다. 두 시인의 편지 왕래는 1954년 무렵부터 시작되어 16년에 걸쳐 이어졌다. 그동안 두 사람은 실제로 두번 만났는데, 그중 첫번째 만남이 1960년 5월 취리히의 '스토르헨Storchen (황새)' 호텔에서였다.(『파울 첼란과 넬리 작스의 왕복 서한』, 1996년)

고립과 외로움의 극치를 표상했던 두 명의 유대인 시인. 첼란은 1970년 파리에서 센 강에 몸을 던져 자살했고, 같은 해 작스 역

English National Opera

Royal Opera House

Covent Garden

시 스톡홀름에서 암으로 세상을 떠났다. 일반적으로 말하면 두 사람 모두 '피해망상증'이라 불리는 정신질환으로 삶을 마칠 때까지 괴로움 속에서 살아왔다. 하지만 나는 두 사람을 병자로 분류하고 증상에 따라 병명을 붙이는 일에 저항감을 느낀다. 두 사람은 나치즘이라는 인류의 질환 때문에 고통스러워했으며, 전쟁이 끝난 후에도 언제든 그것이 다시 찾아오리라는 예감에 끊임없이 위협을 느꼈다. 둔감한 사람들 대신 민감한 안테나로 위기의 조짐을 지속적으로 감지했다. 진정 병든 자는 누구인가? 지금 일본은 물론이거니와 세계 각지에서 차별과 배제를 부르짖는 거친 목소리가 울려퍼지고 있다.

취리히의 평온한 오후, 나는 두 시인이 만났던 호텔을 찾아갔다. 그 장소에 갔다고 해서 특별한 뭔가가 있을 리는 없다. 다만 여행을 할 때마다 항상 그래 왔듯, 나는 죽은 자들이 내는 기척에 귀를 기울여보고 싶을 뿐이다. 관광객이 오가는 밝은 야외로부터 단절되어, 이제는 꽤 쇠락한 분위기가 감도는 차분한 카페에서 천천히 커피를 마시며 '첼란이 앉았던 곳은 어느 의자일까?'라고 잠시 부질없는 생각에 몸을 맡겨볼 따름이다.

취리히에 대해서 하고 싶은 이야기는 끝이 없지만 이제 다시 런던으로 돌아가야만 한다.

4장

런던 2

포스트콜로니얼 아트

스위스에서 돌아와 3월 20일에는 런던 대학에 속한 SOAS School of Oriental and African Studies에서 공개 강의를 했다. 강의 제목은 '예술, 국가 정체성, 그리고 코리안 디아스포라'였다. 재일조선인의 관점으로 전 세계 디아스포라와 그들의 정체성을 둘러싼 폭넓고 다양한 문제를, 특히 미술에 주목하여 이야기하는 자리였다.

SOAS는 런던 대학 본부 근처에 위치해 시내 중심부 러셀 스퀘어에서 가까우며 영국박물관 바로 옆에 있다. 과거에 이 인근 지역에는 바네사 벨과 버지니아 울프 자매, 버지니아의 남편 레너드 울프 Leonard Sidney Woolf(1880~1969)를 비롯해 버트런드 러셀, 존 메이너드 케인스, E. M. 포스터 등 엘리트 지식인들이 살았다. 이 지역의 이름을 따 그들을 '블룸즈버리 그룹'이라 부른다. 러셀 스퀘어 쪽에서 보았을 때 영국박물관을 끼고 반대쪽(남서쪽)에 위치한 소호 지구에는 카를 마르크스가 지독히도 가난하게 망명생활을 했던 집이 남아 있다.

SOAS 구내에 들어가려면 엄중한 보안 검사를 거쳐야 한다.(케임브리지에서는 이런 식의 검사는 없었다고 기억한다.) 학교의 인상은 상상했던 것과는 꽤 달랐다. 우선 학생이 무척 많아 전체적

으로 혼잡한 느낌이다. 복도 천장은 낮고 연구실도 좁은 편이다. 나와 F는 학생 식당에서 가볍게 식사를 했다. 남아시아계와 아프리카계 학생이 많은 듯했지만 피부색과 복장은 다양했다. '제3세계적' 활기로 가득 차 있어서 과연 영국식 다문화주의의 실천 현장이라고 말할 수 있을 정도로 무척 솔직하고 개방적이라는 느낌을 주었다. 꽤 마음에 드는 분위기다. 강연에는 학생과 교원을 합쳐서 서른 명 정도 참가했다. 내용을 요약해보면 다음과 같다.

지금껏 내가 써온 책의 주제는 다양하게 나눌 수 있지만 그중에서도 중요한 줄기 가운데 하나는 미술이다. 미술을 보는 관점이나 이야기하는 위치는 정통 미술평론이나 미술사 서술과는 조금 다르며, 코리안 디아스포라로서 나 자신이 서 있는 자리와 깊은 관련을 맺고 있다. 조선 민족은 19세기 이래 일제의 식민지 지배와 민족 분단이라는 역사의 과정에서 많은 사람들이 헤어지고 흩어졌다. 코리안 디아스포라 중에서 일본에 살고 있는 나 같은 존재를 '재일조선인'이라고 부른다.

근대 제국주의 국가들에 의한 세계 분할과 식민지 쟁탈전 이후, 전 세계에서 대체 얼마나 많은 사람들이, 눈물을 머

자라나 빔지, 「아웃 오브 블루」, 2002년. ⓒZarina Bhimji

금고 태어나 자란 땅을 뒤로했을까. 더욱이 그들 디아스포라
는 이주한 땅에서도 언제나 '이방인'이며 소수자다. 다수자는
대부분 '조상 대대로 전해 내려온 토지, 언어, 문화를 공유하
는 공동체'라는 견고한 관점에 안주하고 있다. 그러한 상황
안에 있는 한 다수자에게는 소수자의 진정한 모습은 보이지
않으며 그 진정한 목소리도 들리지 않을 것이다. (……) 다수
자들이 고정되고 안정적이라고 믿는 사물이나 관념이 실제로
는 유동적이고 불안정한 것이라는 사실이, 소수자의 눈에는
보인다.(서경식,『디아스포라 기행』, 돌베개, 2006년)

그러므로 내가 시도해온 일은 미술이라는 문화 현상을 항상 디아
스포라와 소수자의 입장에서 다시 읽어 탈구축하려는 작업이라
고도 할 수 있다.

　강의 도입부를 이렇게 시작한 뒤, 잉카 쇼니바레를 비롯해 자
리나 빔지Zarina Bhimji(1963~), 시린 네샤트Shirin Neshat(1957~), 다카
야마 노보루高山登(1944~), 데이비드 강David Kang(1965~) 등 지금
껏 내가 주목해온 디아스포라 예술가와 그들의 작품을 소개하는
식으로 이어갔다.(작가와 작품에 관련한 상세한 내용은『디아스포라 기
행』을 참고.)

자리나 빔지.

2014년 한국에서 출간된 졸저『나의 조선미술 순례』는 "'조선'이란 무엇이며, '미술'이란 무엇인가, 그리고 '우리'란 누구인가?"와 같은 근원적인 물음을 다시 한번 던져보려는 시도였다. 그러기 위해서는 먼저 '조선'이라는 호칭에 대해 말하지 않으면 안 된다. 조선도 한국도 모두 영어로는 ('고려'가 어원인) 코리아^{Korea}로 번역되기 때문에 영어로 코리아 또는 코리안 아트로 표기해버리면 그 속에 잠재된 문제를 놓치게 된다. 하지만 한국에서는 역사적, 정치적 이유에서 최근까지 '조선'을 민족의 호칭으로 사용하는 일이 반쯤은 터부시되어 왔다. 한편 북한은 정식 국가명으로 '조선'을 사용한다. 민족의 호칭을 둘러싼 이 같은 혼란은 사실 이 용어가 식민지 피지배와 민족 분단의 역사를 반영하고 있기 때문에 일어난 일이다.

나는『나의 조선미술 순례』에서 의도적으로 '조선미술'이라는 호칭을 썼다. 현재 한국의 많은 독자가 이 용어를 듣고 직감적으로 '조선왕조 시대의 미술' 또는 '조선민주주의인민공화국(북한)의 미술'을 떠올릴 것이다. 하지만 이 책에서는 '조선미술'의 함의를 그렇게 닫아두지 않았다. 시간적으로도, 공간적으로도 좀 더 넓은 시야에서 바라본 민족의 총칭으로서 '조선'이라는 말을 썼기 때문이다.

시린 네샤트.

'한국미술'이라는 호칭을 굳이 쓰지 않은 이유는 '한국'이 가리키는 범위가 민족 전체를 나타내기에 불충분하기 때문이다. '한국'은 전 세계로 널리 퍼져나가 살고 있는 조선 민족 가운데 일부를 구성하는 국가의 호칭이며, 여기에는 '조선민주주의인민공화국'은 물론이거니와 재일조선인 및 세계 각지에 흩어져 있는 코리안 디아스포라를 포괄할 수 없다.

내가 '조선'이라는 호칭을 고른 또 다른 이유는 '학대'를 당한 말이기 때문이다. 원래는 하나의 민족을 일컫는 호칭이었지만, 식민지 지배 과정에서 민족 차별적 부담을 지게 되었고, 민족 분단 과정에서는 이데올로기의 짐을 지게 되었다. 일본에서 '조선'이라는 말은 '열등한 것', '후진적인 것'을 가리키는 차별어의 뉘앙스가 담겨 있으며, 한국에서는 정치적으로 적대적인 북쪽 나라를 떠올리게 한다고 금기시되기도 했다. 어릴 때부터 나는 '조선'이라는 말을 입에 담을 때 긴장과 불안, 때때로 공포마저 느끼곤 했다. 그렇기에 더욱 나는 어떤 명확한 의도를 가지고 이 말을 쓰고 있는 셈이다.

『나의 조선미술 순례』는 내가 조선 민족의 미술가들과 만나고 나누었던 대화를 소재로 삼아 묶어낸 미술 순례의 기록이다. 책에서 다뤘던 신경호, 윤석남, 이쾌대 등 여덟 명의 미술가 중에

시린 네샤트, 「황홀」, 1999년. ⓒShirin Neshat

는 정통파적 '한국미술사' 서술로부터 주변화되거나 또는 완전히 무시되어왔던 인물도 포함되어 있다. 내가 나서서 이런 예술가들을 조명하는 이유는 '우리미술'이라는 기성 개념 안에 틈을 만들어내려는 의도 때문이었다.

'우리미술'이라고 말할 때는 단지 '조선'이라는 장소에서 만들어진 미술을 가리키는 것 이상으로, '우리'라고 하는 어떤 민족적, 국민적 본질을 가진 미적 정수 같은 것이 머릿속에 떠오른다. 그래서 '우리'라는 상상이 본질화되고 강화되는 경향이 생겨나는 듯하다. '우리'라는 말을 의문의 여지없는 하나의 전제로 사용한다면, '우리'의 개념을 점유하고(즉 자신들만이 '우리'라고 주장하고) 타자를 배제하게 된다. 언어를 예로 들어보면, 어떤 언어를 자유롭게 쓰는 자만이 '우리'에 속하며, '우리'란 바로 그 특정한 언어를 공유하는 사람들이라는 순환논법에 따라 배타적인 자의식을 강고하게 만들어버린다는 뜻이다. 여기서 '언어'를 '미의식'으로 치환해보면, '우리미술'이라는 이데올로기의 위험성을 이해할 수 있으리라.

그렇다고 해서 '우리' 같은 것은 존재하지 않는다고 주장하고 싶은 것은 아니다. 오히려 '우리'를 어떤 역사적, 사회적, 정치적인 여러 조건으로 규정된 '콘텍스트(맥락)'로서 이해해야만 한다고

주장한다는 편이 맞겠다. 우리는 언어나 미의식, 나아가 '혈통의 공통성'과 같은 상상으로 지탱되는 '우리'가 아니라, 근대사의 과정에서 식민지 지배를 경험하고, 지금까지도 분단과 이산이라는 현실을 체험하고 있는 그런 '우리'인 셈이다.

대략 이러한 내용으로 강의를 마쳤다. 통역을 두고 짧은 시간 동안 이루어진 강의라서 본뜻이 청중에게 얼마나 전해졌을지 몰라 왠지 불안했다. 하지만 마음속에는 SOAS가 지닌 '다문화'적 분위기가 인상 깊어서 오히려 청중에게 내 이야기가 너무 당연하지는 않았을까, 도리어 진부하다고 느끼지는 않았을까 하는 불안함도 있었다.

질의응답 시간으로 넘어가자 강의실 뒤편에 있던 참가자 한 명이 손을 들었다. 나보다 조금 더 손위로 보이는 아시아계 여성이었다. 그녀는 조금 흥분한 듯한 어조로 "왜 한국이라고 말하지 않고 조선이라고 하죠?"라고 물었다. 당혹스러웠다. 지금까지 그 "왜?"에 대한 답을 한 시간에 걸쳐 말해왔기 때문이다. 그 이야기를 다시 해야만 하는 걸까.

그 참가자는 더 흥분한 모습으로 "'조센Chosen'이라는 말은 일본인들이 우리를 깔보고 차별할 때 사용하던 표현이에요. 왜 그

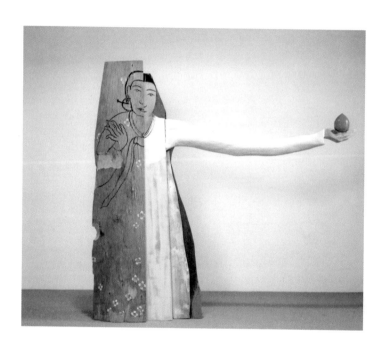

윤석남, 「감」, 2003년.

런 표현을 어엿한 독립국이 된 지금도 사용하는 거죠?"라며 따져 물었다. 마치 자신을 멸시했던 일본인의 망령과 마주치기라도 한 듯. 그녀는 영어로 질문했지만 '조센'이라는 말만은 일본어 발음 이었다. 원래 영어로는 '조선'도 '한국'도 모두 'KOREA'다. 일본 인이 멸시적으로 사용한 '조센'이라는 일본어 어감마저 이곳 청 중에게 전달되었던 걸까. 나는 신중하게 말을 골라가며 답하려고 노력했다. "나는 '조선'이라는 말을 학대에서 구해내고 싶습니다. 식민지 지배자가 멸시적으로 사용했다는 이유로 그 말을 기피한 다면 학대에서 구출할 수가 없으며, 오히려 그 학대를 추인하는 결과가 될 것입니다."

이렇게 대답하던 그때 내 뇌리에는 돌아가신 지 한참 지난 어 머니가 떠올랐다. 초등학교에 다닐 무렵, 나는 일본 아이들로부터 자주 "조센!"이라고 불리며 괴롭힘을 당했다. 집으로 돌아와 의기 소침해 있는 모습을 보고서 어머니는 나를 꼭 안으며 "조센은 조 금도 나쁜 게 아니야. 나쁜 게 아니야."라고 귓가에 나지막이 속삭 여주었다. 학교도 다닌 적이 없고 오랫동안 글도 읽지 못했던 어머 니의 따뜻한 숨결.

지금 SOAS에서 나를 힐난하는 이 참가자도 나와 비슷한 경 험을 했을지 모르겠다. 나보다 나이가 많은 그 여성은 일본에서

이쾌대, 「푸른 두루마기를 입은 자화상」, 1948~1949년경.

태어난 나와는 달리 조선반도에서 나고 자랐을 것이다. 그럼에도 마음속에 '조센'이라는 말에 대한 트라우마가 각인되어 있다면, 틀림없이 그녀도 식민지 지배와 민족 분단의 희생자이리라. 그렇지만 본인은 그 점을 자각하지 못한 채 살아왔을 것이다.

나중에 전해 듣기로 그녀는 이 대학의 퇴직 교수로서 한국인 연구자들에게, 특히 여성들에게 선구자와도 같은 존재라고 했다. 식민지 지배로부터 해방되고 한국전쟁 휴전 후, 여성의 사회 진출이 지금보다 훨씬 곤란했던 시대에 가난하고 황폐한 한국을 떠나 유럽에서 지금의 지위를 얻기까지 분명 수없이 많은 고초를 겪었을 것이다.

나와 그녀는 식민지 피지배자로서 경험을 공유한 '동포'임이 틀림없다. 나는 그녀에게 기묘한 연대감마저 느꼈다. 어머니가 나에게 했던 것처럼 그녀를 안고서 "조센은 조금도 나쁜 게 아니야." 라고 말해주고 싶다는 생각을 했다. 그렇다면 불현듯 내 생각에 공감해주지는 않을까. 하지만 이것은 당연히 나의 주관적으로 감상적인 환상에 불과하다. 그녀는 분연히 자리에서 일어나 강의실을 나가버렸다.

다른 청중은 우리의 질문과 대답을 어떤 식으로 받아들였을까? 그저 서로 다른 언어를 사용해서 일어난 작은 충돌일 뿐으로

잉카 쇼니바레와의 인터뷰. 그의 작업실에서.

이해했다고는 생각하고 싶지 않다. 하지만 이런 대화의 배후에 잠복해 있는 식민주의의 뿌리 깊은 영향을 얼마나 많은 사람들이 눈치 챌 수 있었을까. 에드워드 사이드가 『오리엔탈리즘』에서 말했듯 식민주의는 피지배자들에게 몇 세대에 걸쳐가며 '거대한 왜곡'을 남겼다. 내가 SOAS에서 경험한 이 장면은 그러한 왜곡 가운데 지극히 일부에 지나지 않는다.

강의 후 저녁 식사 자리에서 많은 참가자들이 강의가 재미있었다는 호의적인 인사를 건넸다. "당신이 없었다면 깨닫지 못했을 것들이 보이기 시작했어요."라고. 그 말이 진심이라면 다행일 따름이다. 앞으로 포스트콜로니얼 문화를 연구하려는 사람들에게는 그날 질의응답 시간에 이루어진 대화 자체가 좋은 연구 주제가 될 것이다. 나는 그렇게 믿고 싶다.

잉카 쇼니바레

영국답게 조금 흐리면서 으슬으슬했던 3월 23일 오후, 잉카 쇼니바레의 작업실을 찾아갔다. 지금까지 독일 카셀 도쿠멘타를 비롯해 각지에서 그의 작품을 접해왔지만 작가를 직접 만나 이야기를

런던 이스트엔드 지역의 브릭레인. 다양한 이주민들이 정착해서 살고 있는 곳이다.

나누기는 처음이었다. 그해(2015년), 한국의 대구미술관에서 아시아 최초로 쇼니바레의 대규모 개인전이 예정되어 있었다. 당시 대구미술관의 관장이었던 김선희 씨로부터 전시 카탈로그에 실을 에세이를 의뢰받았기 때문에 이번 런던 여행에서 취재를 겸하려고 그에게 미리 연락을 취했다. 무척 바쁜 작가임을 알고 있었지만 쇼니바레는 흔쾌히 인터뷰를 수락한다는 답장을 보내왔다.

쇼니바레의 스튜디오는 남아시아계나 카리브해 지역 출신의 이민자가 많이 사는 런던 동부의 서민적인 거리에 자리 잡고 있었다. 1990년대 초반, 이스트엔드로 불리는 이 지역을 찾은 적이 있다. 그 무렵 이곳에는 쿠르드족의 커뮤니티가 형성되어 있었다. 그도 그럴 것이 쿠르드 출신 여성들의 일자리가 이 근처의 버버리 공장과 여러 하청 업체였기 때문이다. 대부분 실직 상태였던 남자들은 커뮤니티 센터에서 하루 종일 차를 마시고 잡담하면서 시간을 보내고 있었다. 그들의 주된 이야깃거리는 먼 고향인 터키, 이라크, 시리아 국경 지대에서 벌어지는 쿠르드 독립 투쟁에 관한 것이었다. 나와 F처럼 낯선 외국인에게도 무척 친절했던 그들은 커뮤니티 센터에서 취사하여 제공하는 무료 식사를 우리에게도 권했다. 마늘과 굉장히 매운 고춧가루를 듬뿍 넣은 요리였는데, 그런 자극적인 음식을 좋아하는 F는 "맛있어, 맛있어."를 연발하며

잉카 쇼니바레의 작업실. 선버디 하우스라는 이름의 건물이다.

신나게 먹었지만 숙소에 돌아와 배탈이 나서 며칠을 고생했다.

　이미 20년도 더 지난 일이다. 당시는 일본인이 요즘 중국 사람들처럼 싹쓸이 명품 쇼핑을 하기 위해 런던으로 몰려들어 버버리의 팩토리 숍까지 단체로 방문하던 일이 흔했다. 아직 유럽연합은 결성되지 않았고 유로라는 통화도 존재하지 않던 시절이다. '9·11'도, '이라크전쟁'도, '아랍의 봄'에 이은 '시리아내전'도 일어나지 않았던 때다. 팔레스타인의 분리 장벽도 없었다. 저 쿠르드 사람들은 지난 20년을 어떻게 살아왔을까. 시간이 흘러 이스트엔드는 활기 넘치는 젊은이의 거리로 변했고 현대미술의 중심지로도 유명해졌다.

　베스널그린 지하철역에서 내려 15분 정도 걸으면 거룻배가 떠 있는 운하를 따라 낡은 창고와 공장 같은 건물이 늘어선 길모퉁이가 나온다. 그 길의 1번지에 창고처럼 무뚝뚝한 분위기를 풍기며 서 있는 건물이 바로 목적지인 쇼니바레의 작업실이다.

　스튜디오 안으로 들어가니 잉카 쇼니바레가 휠체어를 타고 나왔다. 섬세하고 상처받기 쉬운 타입의 인물을 상상하고 조금 긴장했지만, 그는 만면에 웃음을 띠며 붙임성 있게 우리를 맞아주었다. 인터뷰 중간중간에도 그는 자주 웃으며 쾌활하게 이야기를 나누었는데, 나는 그가 무척 지적인 작가라는 것을 바로 알아차

School of Oriental & African Studies

Trafalgar Square

Eastend of London

릴 수 있었다.

대화는 단번에 핵심을 건드리며 시작되었다. "누군가가 제 작업의 특징을 'in-between'이라고 말했습니다. 즉 양극 '사이에' 있다는 뜻이겠지요. 나는 단순한 저항자가 아닙니다. 이야기의 양면을 보여주려고 노력해요."

쇼니바레의 말에 따르면, '아프리카'가 세계 미술계에서 화제로 떠오르기 시작한 때는 1980년대부터였다고 한다. 그 당시 많은 아티스트가 자크 데리다의 탈구축주의 사상에 이끌려 기존의 서구적 가치와 규범에 도전하기 시작했다. 미국에서는 페미니즘 운동, 공민권 운동이 활발하게 전개되었고, 뒤이어 1980~1990년대에는 아프리카 출신 미술가가 등장했다. "아티스트는 백인만이 아니다."라는 표명이 미술사에서 최초로 나타났다. "그 상황이 나의 출발점이자 나에게 큰 영향을 끼쳤습니다. 하지만 이러한 움직임의 대부분은 저항 운동이었습니다. 나는 아름다운 것을 좋아합니다. 단순한 저항은 내키지 않아요. 아름다운 것, 그리고 동시에 도전적인 것을 만들고 싶습니다."

잉카 쇼니바레는 1962년 런던에 거주하던 나이지리아인 부모 사이에서 태어났다. 나이지리아와 영국을 오가며 자랐지만 1984년부터 1989년까지는 런던의 미술학교를 다녔다. 그가 태어

잉카 쇼니바레, 「게이 빅토리안」, 1999년. ©Yinka Shonibare

나기 2년 전인 1960년은 '아프리카의 해'라 불리며, 식민지였던 아프리카 대륙의 열일곱 개 나라가 독립했다. 나이지리아 역시 그해 10월 독립국가로 새롭게 출발했다. 쇼니바레는 '아프리카의 해'의 열기가 아직 식지 않았던 1960년대에 태어나, 반식민주의의 기치를 내건 운동이 대두하던 시기에 미술을 배웠던 셈이다.

"미술대학에 다니던 무렵은 매우 정치적인 작품을 만들었습니다. 당시 진행 중이었던 러시아의 페레스트로이카(개혁 정책)와 관련된 작품이었습니다. 그런데 교수가 내게 '왜 아프리카에 관한 작품을 하지 않지? 정통 아프리카의 미술 말이야.'라고 말했습니다. 그게 무슨 뜻인지 나는 잘 알지 못했습니다. 나는 매우 서구적이고 현대식의 교육을 받으며 자랐기에 '정통 아프리카의 미술'이 무엇을 가리키는지 알 수 없었던 거죠. 그래서 나는 런던의 어느 시장에서 아프리카 천을 취급하는 가게를 찾아갔습니다. 그때 내가 아프리카산이라고 생각했던 직물이 실은 인도네시아, 네덜란드, 영국에서 만든 제품이라는 사실을 알게 되었습니다. 즉 아프리카의 아이덴티티가 식민주의와 연결되어 있다는 점을 깨닫게 된 것이죠."

색채가 풍부한 '아프리카적'인 천을 작품 소재로 사용하는 잉카 쇼니바레의 미술은 이렇게 시작되었다. 우리가 '아프리카적'

잉카 쇼니바레, 「정사와 성교」, 2002년. ©Yinka Shonibare

이라고 믿고 있는 천은 인도네시아에서 비롯된 납염(밀랍 염색) 기술이 식민지 종주국인 네덜란드에 의해 유럽으로 전해지면서 탄생할 수 있었다. 그 기술을 이용해 영국의 맨체스터에서 디자인된 직물이 대량으로 생산되어 다시 아프리카로 수출된 것이다. 원재료 역시 영국의 식민지였던 인도나 동아프리카에서 생산된 코튼이다. 요컨대 우리가 '아프리카적'이라고 믿거나 머릿속에 떠올리는 색채와 문양은 실제로는 근대기 식민지 지배 과정에서 종주국이 식민지에 강요함으로써 생겨난 결과라고 할 수 있다.

쇼니바레는 교수가 바라는 식으로 '아프리카적'인 미술을 제작하지 않았으며, 그렇다고 '아프리카적'인 것을 거부하고 '영국적'인 것에 동화되지도 않았다. "'아프리카적'이란 무엇인가?"라는 아이덴티티 자체에 대한 질문을 작품화한 셈이다. 물론 뒤집어 생각해보면 "과연 '영국적'이란 무엇인가?"라는 질문이기도 하다.

영국 보수당의 최초 여성 당수로서 '철의 여인'이라는 별명으로도 유명한 마거릿 대처는 1979년부터 1990년까지 수상 자리에 있었다. 쇼니바레는 장난스럽게 말했다. "대처는 빅토리아 왕조 시대의 가치를 강조하면서 그 시대로 되돌아가자고 외쳤습니다. 무척 재미나죠."

그래서 쇼니바레는 작품을 통해 "과연 빅토리아 왕조란 무엇

잉카 쇼니바레, 「빅토리아 댄디의 일기: 19시」, 1998년. ⓒYinka Shonibare

인가?"라고 되물었다. 2002년 카셀 도쿠멘타11에서는 나이지리아 출신의 큐레이터 오쿠이 엔위저Okwui Enwezor(1963~2019)가 전시 총감독을 맡아 포스트콜로니얼 아트를 특집 주제로 꾸몄다. 그 전시에서 나는 쇼니바레가 아프리카 천으로 제작한 대표작 「정사와 성교」를 보았다. 빅토리아 시대의 그랜드 투어가 이 작품의 모티프인데, 그랜드 투어란 17세기 중반부터 19세기 초반까지 영국의 상류층 자제가 교양을 위해 이탈리아를 비롯해 유럽의 여러 유서 깊은 도시로 떠났던 여행을 말한다. 작품에 등장하는 남녀가 몸에 걸치고 있는 의상은 전형적인 빅토리아 시대의 스타일이지만 아프리카 천으로 만들어져 당시의 실제 복장과는 다르다. 그러나 빅토리아 왕조 시대의 대영제국이 세계의 패권을 장악하며 아프리카를 식민지로 삼아 거대한 부를 축적했던 일, 그렇게 쌓은 부를 이용해 영국의 상류층 시민들 사이에서 그랜드 투어가 유행했던 일은 역사적 사실이다. 쇼니바레는 자신만의 독특하고 세련된 방법을 통해 관객이 이러한 사실을 눈치채게 만든다.

　1998년 10월에는 잉카 쇼니바레의 사진 연작 「빅토리아 댄디의 일기」가 런던의 80~100여 곳에 이르는 지하철역에 거대한 포스터(200×300cm) 형식으로 전시되었다. 빅토리아 양식으로 지은 저택의 서재에는 19세기에 전형적이었던 높다란 책꽂이와

잉카 쇼니바레, 「빅토리아 댄디의 일기: 14시」, 1998년. © Yinka Shonibare

중후한 책상, 인도제 카펫 등이 보인다. 중심에는 백인 남성 그룹에 둘러싸여 책을 손에 든 젊은 아프리카 '댄디(멋쟁이)'가 있다. 문 주위에는 시끌벅적 북적대는 하녀들이 그 멋쟁이 청년을 황홀하게 바라보고 있다.

쇼니바레가 이 작품에서 그려낸 것은 "(실제로는 불가능한) 말도 안 되는 세상"이다. 19세기 영국에서 저렇게 사회적으로 우월한 지위를 지닌 아프리카 남성은 존재할 수 없었다.

'아프리카'는 빅토리아 왕조 상류계급의 살롱을 장식한 호화로운 물건들에 새겨져 있었다. 비단과 면직물, 붉고 화려한 고급 염료는 식민지가 없었다면 손에 넣기 힘든 물건이었다. 상류층이 누리는 쾌적함은 빅토리아 시대의 노동계급이나 아프리카와 아시아 같은 식민지에서 착취한 부를 통해 얻은 소산이었다. 그러나 쇼니바레는 그런 사실을 직접적으로 이야기하지 않는다. 결코 훈계하듯 말하지 않는 것이다.

이 작품은 다수자인 백인 주류 계층이 건드리고 싶지 않은 식민지 지배의 죄책감을 불러일으켜 마음 한구석을 불편하게 만든다. 지하철역에서 매일매일 이러한 표상과 맞닥뜨렸던 영국 주류 사회의 반응은 어떠했을까?

2010년 5월부터 1년 반 동안 런던 중심의 트라팔가 광장에

잉카 쇼니바레, 「유리병 속 넬슨 제독의 배」, 2010년.

는 전체 길이가 6미터에 달하는 유리병이 전시되었다. 그 내부에는 커다란 범선 모형이 들어 있었다. 다만 배의 돛은 일반적인 캔버스 천이 아니라 알록달록한 아프리카 천이었다. 「유리병 속 넬슨 제독의 배」라는 제목이 붙은 작품이다. 호레이쇼 넬슨^Horatio Nelson(1758~1805)은 1805년 트라팔가 해전에서 프랑스와 스페인 연합 함대를 물리치고 나폴레옹의 제해권 장악과 본토 침공을 저지하여 영국 역사상 영웅으로 칭송받는 인물이다.

　"넬슨 제독이 승리함으로써 그 이후 영국이 전 세계의 바다를 제패하고 많은 나라를 식민지로 거느릴 수 있었습니다. 여기에 발맞춰 서양의 모더니즘이 세계를 석권하게 되었지요. 하지만 아시아, 아프리카에서 서구 모더니즘은 존재하지 않았습니다. 지금은 서구 모더니즘의 뒤편에 감추어져 보이지 않았던 것을 찾아내어 되새겨봐야 할 때라고 생각합니다. 내 작업은 항상 이중적이어서, 거기에는 숨겨진 의미가 있습니다. 전투적인 반식민지주의자는 이 작품을 '식민지 비판'으로 간주합니다. 한편 보수파는 '영국을 예찬하는 작품'으로 바라보지요. 이런 이중적인 면이 재미있습니다. 이 작품은 지금 그리니치에 있는 국립 해양 박물관에서 상설 전시되어 있습니다. 거기 가면 언제든 볼 수 있어요."

　나이지리아는 긴 역사를 지닌 나라이지만 1886년 영국의 지

터너, 「트라팔가 해전」, 1822년, 국립해양박물관, 런던.

배 아래 식민지로 편입되었다. 잉카의 아버지는 법률을 공부하기 위해 영국에서 유학을 하고 변호사가 되었다. 그런 부모의 아들로 영국에서 태어난 쇼니바레는 아버지의 희망을 거스르고 미술에 뜻을 두었다. 그는 왜 아티스트가 되고자 했던 걸까?

"어렸을 적 아버지를 따라 이탈리아 여행을 갔어요. 로마나 피렌체 같은 곳이요. 그때의 인상이 너무나 강렬했습니다. 길가 어디에나 있던 조각 작품들, 트레비 분수, 우피치 미술관……."

쇼니바레의 회상을 들으면서 전형적인 서구 지식인층의 이야기라고 나는 직감했다. 굳이 괴테나 키츠^{John Keats}(1795~1821)의 예를 들지 않더라도, 이탈리아는 서구 지식인들에게 문화적 고향이자 미적 규범이었다. 감수성이 풍부한 소년이 가족 여행으로 떠났던 이탈리아에서 커다란 자극을 받았던 것이다. 다만 한 가지 다른 점이 있다면 그 소년이 아프리카 출신이라는 것이다. 우피치 미술관의 백인 관광객들 속에서 한참을 오도카니 서서 보티첼리나 라파엘로의 명화를 넘어 나간 듯 바라보는 검은 피부의 소년. 그 모습이 마치 영화의 한 장면처럼 머릿속에 떠올랐다. 이건 나중에 쇼니바레 자신이 제작하게 되는 작품 그 자체가 아닌가.

"나는 고전미술과 '플레이^{play}'하는 겁니다."

그는 이렇게 말했다. 이 '플레이'라는 말에는 '놀다(장난하다)'

잉카 쇼니바레, 「바람 조각」, 2014년.

라는 뜻과 '놀리다(조롱하다)'라는 두 가지 의미가 있을 것이다. '피부색이 검은 빅토리아 왕조의 댄디'나 '아프리카 천으로 돛을 올린 넬슨 제독의 배'에도 잉카 쇼니바레 식의 전략이 공통적으로 드러난다. 그는 대제국과 '놀면서', 또한 대제국을 '놀리고' 있는 것이다.

"우리는 서구에 의해 식민지화되었습니다. 그렇지만 더 이상 과거로 되돌아갈 수는 없습니다. 더 이상 '순수한 전통'으로 되돌아가는 것은 불가능하지요. 이러한 상황은 영국도 마찬가지입니다. 나는 순수한 것이 진짜라고는 생각하지 않습니다. 진짜는 '뒤섞인hybrid' 것입니다. '하이브리드 아트'야말로 진짜입니다. 나는 영국 왕실로부터 MBE 칭호를 받았습니다. 어떤 사람들은 이를 두고 배신자라고 말합니다만……."

MBE란 'Member of Order of the British Empire'의 약자로 영국 왕실이 수여하는 칭호다. 아프리카 출신자로서 이러한 칭호를 받은 사람은 많지 않다. 어떤 이는 왕실과 공범 관계를 맺는다는 의미로 받아들여 이 칭호를 거부하기도 한다. '배신자'라는 비판에는 그러한 의미도 포함되어 있다. 그러나 잉카 쇼니바레는 이를 받아들이는 것에 그치지 않고 더 나아가 자신의 전시나 저작에 꼭 이 칭호를 명확히 기재한다.

런던 그리니치에 있는 국립 해양 박물관.

"그렇게 하면 혼란이 생겨나고, '나'라는 존재를 일정한 범주에 집어넣는 일이 어렵게 됩니다. 이게 바로 제가 선호하는 방식입니다. 타인이 규정하는 카테고리에 들어가면 아티스트로서 중요한 자유를 빼앗겨버리게 되죠. 반역자와 왕은 매한가지입니다. 반역자가 승리하면 왕이 되니까요. 나는 그 어느 쪽으로도 가고 싶지 않습니다."

요컨대 그는 의도적인 전략을 가지고 이 MBE라는 칭호와 놀고, 또 놀리고 있는 셈이다. 물론 제국 측의 입장에서도 이른바 '넓은 아량'을 과시하며 작가와 작품을 자기편으로 끌어들이려는 교묘한 전략이 있을 터다. 그렇기에 쇼니바레의 「유리병 속 넬슨 제독의 배」가 국립 해양 박물관에 상설 전시되기도 하는 것이다. 잉카 쇼니바레의 전략에 대해 성급한 평가를 내리는 일은 신중해야 하겠지만, 이 작가가 숙고한 끝에 펼쳐낸 전략을 무기 삼아 제국과 격투하고 있다는 점만은 기억해둘 필요가 있으리라 생각한다.

아프리카 천을 소재로 사용한 그의 작품은 귀여우면서도 세련된 느낌을 준다. 분명 유명 패션 브랜드로부터 유혹의 손길이 뻗쳐왔을 것이다. 이런 문제에 대해 물었더니 다음과 같은 대답이 돌아왔다. "제 작품에는 이중성이 있어서 항상 어두운 측면이 내재합니다. 그렇지만 '베네통'에는 그런 면이 없지요."

고대 베닝 왕국을 묘사한 그림, 1668년.

패션 산업과의 협업 자체를 거부하지는 않지만, 협업으로 인해 자신의 작품이 지닌 '어두운 측면'을 버릴 의도는 없다는 뜻이리라. 식민주의의 그림자라 할 수 있는 '어두운 측면'이야말로 잉카 쇼니바레 예술의 핵심이기 때문이다.(쇼니바레와의 인터뷰는 도쿄 게이자이 대학 모토하시 데쓰야本橋哲也 교수의 통역이 큰 힘이 되었다. 또한 이 부분의 서술은 2015년 대구미술관이 펴낸 전시 도록『잉카 쇼니바레 MBE — 찬란한 정원으로』에 수록된 졸고「제국과 놀다/제국을 놀리다」와 일부 겹치는 내용이 있음을 밝혀둔다.)

노예의 후손들

앞서 이야기한 쇼니바레를 향한 비판과 관련해서 간단히 덧붙이고 싶은 말이 있다. 흔히 우리는 아프리카계 사람들을 하나로 묶어서 생각해버리곤 한다. 하지만 당연하게도 같은 아프리카 출신이라도 그들의 역사적인 콘텍스트에는 다양성이 존재한다. 쇼니바레는 나이지리아의 3대 민족 중 하나인 요루바족 계통에 속한다. 아버지가 법률을 공부하기 위해 영국으로 건너갔다고 하니 아마 나이지리아의 엘리트 계층이었을 것이다.

'노예 해안'으로 끌려가는 아프리카인을 묘사한 그림, 1864년.

나이지리아의 식민지화는 1472년 포르투갈인이 라고스를 건설하고 노예무역의 거점으로 삼았던 무렵부터 시작한다. 베냉 왕국은 12세기부터 영국에게 멸망할 때까지 나이지리아 남부 해안 지대에 존재했다. 1485년에는 포르투갈이 베냉에 진출하여 서구와의 교역이 시작되었다. 베냉 왕국은 유럽에 후추나 상아, 노예를 팔고, 대신 화약과 총기를 수입하여 노예사냥을 펼치면서 세력을 확대해갔다. 17세기부터 19세기에 걸쳐 포르투갈인과 영국인을 중심으로 한 유럽의 무역 상인들이 남북아메리카 대륙에 노예 수출을 늘려가자 해안에는 항구가 많이 건설되었다. 그들은 나이지리아 해안 지역을 '노예 해안'이라고 불렀다. 18세기에 접어들면서 노예무역의 중심이 서쪽의 다호메이 왕국, 아샨티 왕국 방면으로 이동하자 베냉 왕국의 힘은 쇠퇴했다. 19세기에는 영국군이 노예무역을 금지하면서 상품무역으로 대체되었고 1886년에 영국 정부는 '왕립 니제르 회사'를 설립하여 나이지리아 일대의 지배를 개시했다. 1897년 베냉 왕국이 영국에 의해 멸망하자 나이지리아는 결국 식민지가 되었다.

같은 흑인이라 해도 남북아메리카 대륙에 노예로 팔려간 사람과 그 후손들, 그리고 노예를 팔던 주체들로 크게 구분할 수 있다. 물론 어느 쪽이나 서구 제국주의의 피해자라는 점은 동일하

잉그리드 폴라드.

지만, 그들이 어떤 경험을 했는지 맥락을 파고들어가 보면 가벼이 볼 수 없는 차이가 존재함을 깨닫게 된다. 카리브해 지방을 포함한 남북아메리카에 살고 있는 흑인은 간단히 말해 '노예 출신자'다. 그들의 검은 피부는 그저 검다는 의미뿐만 아니라, 과거 조상들이 노예였다는 사실을 숨기기 힘든 각인이기도 하다.

　그 점에서 쇼니바레는, 예를 들자면 1953년 가이아나 조지타운 출생의 여성 아티스트 잉그리드 폴라드 Ingrid Pollard (1953~)와는 다르다. 나는 폴라드가 쇼니바레에 대해 비판적인 의견을 갖고 있을지, 그렇지 않을지 지금 시점에서는 확실히 알지 못한다. 그렇지만 폴라드의 작업에는 쇼니바레와 공통점을 보이면서도 명확한 차이점이 있다. 그녀가 카리브해 지역(가이아나) 출신이라는 점, 그리고 여성이라는 사실과도 큰 관계가 있을 것이다. 폴라드는 아래의 글을 통해 자신이 아프리카에서 대서양을 건너온 노예들의 후예라는 사실을 강하게 의식하고 있음을 이야기한다.

　조개껍데기를 찾고 있었다. 장화를 신은 내 발밑에 파도가 밀려온다. 파도가 실어다준 것은 뱃머리로부터 떠밀렸던 내 형제자매들의 잃어버린 혼이다.(하기와라 히로코, 『블랙』, 마이니치신문사, 2002년)

잉그리드 폴라드, 「목가적 막간」, 1988년.

잉글랜드 북서부의 호수로 둘러싸인 마을 레이크 디스트릭트. 이곳은 낭만파 시인 워즈워스William Wordsworth(1770~1850)가 각별히 사랑했던 명승지이며 동화 속 토끼 '피터 래빗'의 고향으로도 알려져 전 세계의 관광객이 즐겨 찾는 휴양지이기도 하다. 1983년 늦가을, 첫 유럽 여행의 끝자락에 고요히 외떨어져 있던 이 지역을 찾았던 일은 나에게도 잊을 수 없는 기억이다. 이번 여행에서도 다시 가보고 싶었지만 아무래도 시간이 맞지 않았다.

폴라드의 작품은 아름답고 서늘한 호숫가에서 한 흑인 여성이 목초지 쪽을 바라보며 서성이고 있는 장면을 담고 있다. 얼핏 보면 쇼니바레의 「빅토리아 댄디의 일기」와 비슷한 콘셉트다. 하지만 단순한 스냅사진 같은 화면에서 심상치 않은 고독감과 긴장감이 전해진다.

흑인으로서의 생활과 경험은 언제나 도시라는 장소에 한정된 듯 여겨진다. 처음에 레이크 디스트릭트를 찾았을 때는 멋진 곳이라고 생각했지만, 주변을 산책하는 흑인은 나 혼자뿐이었다. 하얀 망망대해 속에 던져진 흑인 한 명이라는 느낌이었다. 시골을 찾아가는 일은, 언제나 불안과 공포를 길동무로 삼아야 한다.(하기와라 히로코, 앞의 책.)

레이크 디스트릭트 풍경.

일반적인 백인 남성은 느낄 수 없는 감각일 것이다. '전형적인 영국의' 풍경, 그 속에 몸을 두는 행위 자체가 '노예 출신의 여성'에게는 강한 불안과 공포를 불러일으킨다는 뜻이다. 그들, 백인은 폴라드의 선조를 사냥감으로 취급하며 몰이를 했고 반항하면 채찍질을, 때때로 강간도 서슴지 않았으며, 결국 죽으면 대서양에 내던져버리던 자들이었기에. 백인들이 사랑해 마지않는 목가적인 풍경조차 그런 불안과 공포를 불러와 그녀의 마음속을 휘저어 놓았던 셈이다. 백인 주류 계층은 폴라드의 작품을 통해 그런 감각을 아주 일부만 짐작할 수 있을 뿐이다.

'포스트콜로니얼' 시대의 미술은 우리에게 이러한 시점, 다름 아닌 '타자의 시점'을 요구한다. 무척이나 힘겹지만 우리의 시야를 확실하게 넓혀주는 요구이기도 하다. 재일조선인 남성인 나는 레이크 디스트릭트를 찾아갔던 과거를 그리워한다. 하지만 그것만으로 괜찮은 걸까? 이렇게 말하는 나는 과연 누구인 걸까? 잉그리드 폴라드의 작품을 알게 된 후, 스스로에 대한 그런 의문들이 복잡하게 뒤얽히고 있다.

5장

런던 3

고등어

터너J. M. W. Turner(1775~1851)의 작품과 실제로 처음 마주했던 때는 1983년 초겨울이었다. 영국이 아니라 파리의 그랑 팔레 미술관이었다. 그때 내 마음을 붙잡은 후 25년이 지난 지금도 잊을 수 없는 작품은 기묘하게도 터너의 대명사로 알려진 풍경화가 아니었다. 고등어 세 마리를 그린 수채화 소품. 지금 내게는 흑백 도판밖에 없지만, 고등어 등껍질의 축축한 감촉, 그 푸르고 아름다운 색채가 마음속 깊숙이 박혀 잊히지 않았다. 작품에는 「고등어 세 마리 크로키Croquis de trois maquereaux」라는 제목이 붙어 있었다. 불어로 고등어를 '마케로'라고 부르는구나 하고 신기해했던 기억이 지금도 생생하다. 줄곧 대형 풍경화 전문가라고 생각해왔던 화가가 이렇게나 섬세하고 날카로운 솜씨까지 갖춘 달인이라는 사실을 알지 못했다.

그해 10월부터 유럽 각지를 돌아다녔던 나는 며칠 후 파리를 떠나 런던으로 향할 예정이었다. 파리의 유명한 미술관은 이미 볼 만큼 봤다는 생각이 들었다. 런던 일정이 끝나면 석 달 만에 일본으로 돌아갈 참이었다. 그동안 얼마나 많은 작품을 봤던 걸까. 이제 그림에는 지칠 대로 지쳐버린 느낌이었다. 특히 루브르 박물관

터너, 「고등어 세 마리 크로키」,
1835~1840년, 종이에 흑연과 수채, 애슈몰린 박물관, 옥스퍼드.

이 소장한 페테르 파울 루벤스의 「마리 드 메디시스의 생애」나 자크 루이 다비드Jacques Louis David(1748~1825)의 「황제 나폴레옹 1세와 황후 조세핀의 대관식」처럼 우러러봐야 할 듯한 대작에는 과식이라도 한 것 같은 포만감을 느꼈다.

멀리 유럽까지 왔으니 그래도 이런 명작 감상은 포기해서는 안 될 사명과도 같다고 스스로를 다그치며, 고된 노역에 시달리는 노예처럼 미술관에서 미술관을 전전했던 것이다. 터너의 소품에 마음을 빼앗겼던 이유도 그 때문이었을지도 모른다.

파리를 떠나 드디어 영국으로 건너간다는 사실에 어떤 해방감마저 느꼈다. '영국에 가면 반드시 봐야 하는 작품이 프랑스처럼 많지는 않겠지. 조금 쉬면서 자연 속에서 조용히 며칠을 보내야겠다.'라고 생각했다. 부끄러운 이야기지만 35년 전의 나는 그 정도로 무지했다.

파리 그랑 팔레 미술관에서 대규모 터너 회고전이 열리고 있다는 정보를 접했을 때, 어떻게든 봐야만 한다는 생각까지는 아니었지만, 좀처럼 얻기 힘든 기회라는 사실만은 틀림없다고 직감했다. 다음 목적지인 영국을 예습한다는 의미까지 덧붙이며 발길을 재촉했고 무거워진 발을 질질 끌다시피 하며 넓은 그랑 팔레 전시장을 돌아보았다.

자크 루이 다비드,「황제 나폴레옹 1세와 황후 조세핀의 대관식」,
1805~1807년, 캔버스에 유채, 루브르 박물관, 파리.

며칠 후 칼레(어쩌면 불로뉴였을지도 모른다.)에서 호버크래프트를 타고 푸르스름한 잿빛 구름이 낮게 드리운 영국해협을 건넜다. 지금도 운행하는지는 모르겠지만, 호버크래프트는 선체에 붙은 프로펠러를 이용해 물 위로 조금 떠서 달리는 공기부양정이다. 장난감처럼 소박한 만듦새라 거친 파도에 혹여 전복되지 않을까 염려될 정도였다.

런던에 도착하자마자 지친 몸에 스스로 채찍질하듯 가장 먼저 찾았던 곳이 내셔널 갤러리였다. 이런 말이 있을지 모르겠는데, 나는 '미술중독자'였다. 내셔널 갤러리에서는 이 중독 증상을 한층 악화시켰던 작품들과 만났는데, 이미 예전 책『나의 서양미술 순례』에서 다루었기에 이번 글에서는 상세히 쓰지 않으려 한다.

템스 강가 밀뱅크에 있는 테이트 갤러리(당시는 그렇게 불렀다.)는 주로 영국 정부가 소유한 근현대 미술 작품을 소장, 관리한다. 2000년 조직 개편과 동시에 템스 강 건너편에 있는 발전소를 새로 고쳐 테이트 모던을 개관하면서 원래의 테이트 갤러리는 테이트 브리튼으로 이름을 바꿨다. 그 밖에도 테이트 리버풀, 테이트 세인트 아이브스가 있어 지금은 이 네 개의 미술관을 총칭하여 '테이트'라고 부른다.

존 에버렛 밀레이, 「오필리아」, 1851년경, 캔버스에 유채, 테이트 브리튼, 런던.

1983년 처음 런던을 찾았을 때, 테이트 갤러리에는 존 밀레이 John Everett Millais (1829~1896)의 「오필리아」를 비롯해 라파엘전파의 주요 작품이 소장되어 있다는 사실을 알게 되었다. 터너를 직접 보는 것이 중요한 목적이었지만, 그때 보았던 기억은 없다.

영국으로 건너오기 전 파리에서 들렀던 대규모 회고전에 이미 많은 작품이 대여 중이었던 탓일 것이다. 게다가 터너 전용 전시관으로 별관 클로어 갤러리를 짓고 있던 시기라서(1987년 완공) 당시에는 정작 테이트 갤러리에서 터너를 볼 수 없었던 독특한 사정이 있었다. 일본으로 돌아와 그로부터 3년이 지난 1986년에 도쿄의 국립서양미술관과 교토시미술관에서 대규모 터너 전시회가 순회 개최되어 찾아갔는데, 도쿄와 교토 중 어디에서 보았는지는 기억나지 않는다.

그 후로는 런던에 갈 때마다 습관처럼 꼭 테이트 브리튼을 찾아 옛 친구 같은 느낌의 터너와 인사를 나누곤 했다. 이번에도 그저 가볍게 인사만 나눌 요량이었지만, 막상 재회해보니 좀처럼 그렇게 되지 않았다.

터너의 작품 가운데 가장 유명한 그림은 아마 「비, 증기, 속도—그레이트 웨스턴 철도」가 아닐까 싶다. 이 작품은 테이트 브리튼이 아니라 내셔널 갤러리가 소장하고 있다. 다른 많은 사람

터너, 「비, 증기, 속도—그레이트 웨스턴 철도」, 1844년, 캔버스에 유채, 내셔널 갤러리, 런던.

들도 그랬을 테지만 처음 이 그림을 보았을 때 나는 모네[Claude-Monet](1840~1926)의 「생 라자르 역」을 떠올렸다. 모네의 이 작품은 지금 오르세 미술관에 있지만 내가 처음 보았을 1983년은 오르세가 완성되기 전이라 아직 루브르에 소장되어 있었다고 기억한다. 이 그림을 본 다음에는 오랑주리 미술관 지하 갤러리에 있는 여덟 점의 「수련」 연작에 완전히 압도당했다. 타원형 지하 갤러리에서 360도를 「수련」에 빙 둘러싸인 채 중앙 벤치에 멍하니 앉아 한참 동안 시간을 보냈다. 런던으로 건너가 터너의 「비, 증기, 속도」를 본 것은 더 뒤였다. 아마 그 때문인지 나는 모네와 터너의 시간적 전후 관계를 제대로 파악하지 못했다. 어쩐지 모네가 선배라서 후배 격인 터너가 프랑스 인상파의 수법을 받아들였으리라 착각했던 것이다. 터무니없는 오해였다. 「비, 증기, 속도」는 「생 라자르 역」보다 30년도 더 전에 그려졌으니 말이다.

모네가 터너를 모방했다는 의미는 아니다. 그렇지만 1870년 프로이센-프랑스전쟁 발발 이후 징병을 피하기 위해 런던으로 건너갔던 모네가 피사로[Camille Pissarro](1830~1903)와 함께 터너나 컨스터블의 작품을 연구했다는 점은 사실이다. 터너를 '인상주의의 아버지'라 부르는 사람이 있는 것도 이러한 까닭에서다. 그 밖에도 터너는 '최초의 추상화가', '환시幻視의 화가', '탁월한 낭만파 풍

모네, 「생 라자르 역」, 1877년, 캔버스에 유채, 오르세 미술관, 파리.

경화가' 등의 다양한 이름으로 불리고 있다. 어떤 평론가는 "표현주의를 먼저 이뤘다."고 평가하기도 한다. 그만큼 다채로운 재능을 발휘한 화가이기에 미술사의 틀에 단순히 끼워맞춰 이해하기에는 어려운 존재라는 뜻일 것이다.

햄스테드 히스

2장에서 언급했듯, 존 컨스터블이 그린 풍경화를 볼 때마다 나는 '이거야말로 영국이다.'라는 생각이 들면서 어쩐지 마음이 차분해지곤 한다. 이를테면 「주교의 정원에서 본 솔즈베리 대성당」 같은 작품. 빅토리아 앤드 앨버트 미술관을 찾아갈 때마다 이 작품과 만나지만, 몇 번을 거듭해서 봐도 질리는 법이 없다.

런던 시내에서 버스로 30분 정도 떨어진 햄스테드 히스 지역에 방을 구했다. 집주인은 케임브리지 대학을 졸업한 아일랜드 사람으로, 지적인 분위기를 풍기는 한편 어떤 사연이 있는지 모르겠지만 독신인 듯했다. 나라는 존재에 얼마쯤 흥미가 있었는지 영국과 아일랜드, 일본과 '조선'의 관계를 대비하면서 재미있는 대화를 나눴다. 문학 연구자인 그의 의붓아버지는 아일랜드의 시를 모

존 컨스터블, 「주교의 정원에서 본 솔즈베리 대성당」,
1823년, 캔버스에 유채, 빅토리아 앤드 앨버트 미술관, 런던.

아 선집을 편찬했다고 했다.

햄스테드 히스는 광대한 녹지다. 잔디로 뒤덮인 완만한 비탈이 있고(정상에 서면 런던 시가를 내려다볼 수 있다.) 아기자기한 수로와 연못, 아름다운 그늘을 제공해주는 숲, 바로 그곳에 근사한 미술관까지 갖췄다. 편안한 카페도 있다. 머무는 동안 나와 F는 숙소 근처를 산책하다가 조금 더 걸어서 F가 좋아하는 자연주의 베이커리에서 점심 식사를 하는 것을 일과처럼 삼았다. 저녁 무렵에는 어슴푸레한 펍에서 지역 특산 맥주를 마셨다. 실로 '이거야말로 영국'이다. 컨스터블의 그림 그 자체처럼.

게다가 조금 더 들어가면 고즈넉한 주택가 한구석에 키츠 기념관도 있다. 낭만주의 시인 존 키츠는 런던 변두리에서 마부의 장남으로 태어났다. 1804년 아버지가 낙마 사고로 세상을 떠났고, 어머니는 얼마 지나지 않아 재혼했지만 곧 다시 헤어진 후 1810년 결핵으로 목숨을 잃었다. 키츠는 생계를 위해 외과 견습생으로 일을 시작하여 1814년까지 의료직에 몸담았지만 시인이 되기로 결심하고 1817년에 첫 시집을 펴냈다. 이듬해 동생 톰도 결핵으로 죽었다.

그 후 키츠는 햄스테드에 있는 친구 집으로 이주하여 근처에 살던 열여덟 살 소녀 패니 브론과 사랑에 빠졌다. 그러나 키츠 역

윌리엄 힐튼, 「존 키츠 초상」, 1822년경, 캔버스에 유채, 내셔널 포트레이트 갤러리, 런던.

시 결핵에 걸려 증상이 악화되자 의사의 권유로 이탈리아 요양을 떠났다. 이탈리아에서도 병세가 호전되지 않았던 키츠는 패니와 의 결혼을 단념해야 했다. 결국 1821년 로마에서 스물다섯의 나 이로 세상과 등졌고 그곳 신교도 묘지에 묻혔다. 묘비에는 "Here lies one whose name was writ in water.(여기 물 위에 이름을 새긴 자 가 잠들어 있노라.)"라는 글귀가 있다.

> 우수는 미와 함께 산다, 죽어야만 하는 미와 함께,
>
> 그리고 작별을 고하느라 항상 그 입술에 손을 대고 있는
>
> 기쁨과, 그리고 꿀벌의 입이 빨고 있는 사이에도
>
> 독으로 변해버리는, 쑤시는 듯한 쾌락 가까이서.
>
> 아, 바로 환희의 신전에
>
> 베일 쓴 우수는 그녀의 성단을 갖고 있어
>
> 정력적인 혀로 기쁨의 포도를 그 예민한 입천장에 대고
>
> 터트릴 수 있는 자 외에 누구도 그것을 볼 수가 없다.
>
> 그 영혼은 우수의 강력한 슬픔을 맛볼 것이고,
>
> 그녀의 구름 낀 트로피들 사이에 매달려 있게 될 것이다.
>
> ―존 키츠, 「우수에 부치는 송시」 제3연

존 키츠가 살았던 햄스테드의 집을 개조하여 만든 키츠 기념관.

햄스테드에 있는 키츠 기념관은 소박하고 얌전한 느낌을 주는 건물이다. 정원 가득한 장미가 옅은 향기를 풍겼다. 키츠가 병든 몸을 뉘었던 침대가 남아 있으며 데스마스크도 전시하고 있었다. F와 나는 이렇게 고요한 공간에 몸을 두는 것을 좋아한다. 지나가버린 한 시대의 공기가 그곳에 그대로 남아 감돌고 있기 때문이다. 오로지 재능에 기대어 '낮은 신분'을 극복하고 이뤄낸 입신양명, 비극적인 상황마저 작품으로 전환하여 창조했던 열정, 당시에는 불치로 여겼던 결핵과의 투병, 고전과 고대를 상징하는 이탈리아를 향한 동경, 결실을 맺지 못했던 사랑, 그리고 비통하고도 감미로운 죽음……. 키츠에게 해당하는 이 모든 것이 낭만주의자를 구성하는 요소다. 이러한 면에서는 터너와 공통점이 있다. 다만 터너는 오래 살았다.

터너는 1775년에 태어나 1851년 세상을 떠났다. 그가 살아 있는 동안 프랑스혁명이 있었고 나폴레옹전쟁이 일어났다. 전쟁이 끝났던 1802년 이후, 터너는 빈번히 대륙을 여행했다. 1776년생으로 터너보다 한 살 적었던 컨스터블은 평생 영국 땅을 벗어나본 적 없이 1837년에 삶을 마감했다.

14세에 로열 아카데미에 입학했던 터너는 이듬해 처음

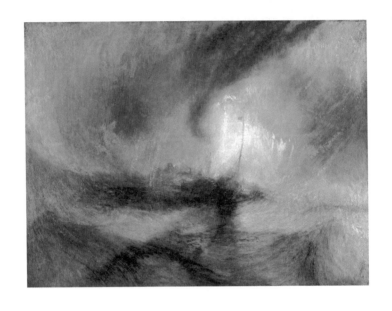

터너, 「눈보라」, 1842년경, 캔버스에 유채, 테이트 브리튼, 런던.

으로 아카데미에서 수채화를 전시했다. 영국 각지로 스케치 여행을 떠났고 이탈리아, 프랑스, 스위스, 독일 같은 유럽 대륙 국가로도 진출했다. 터너의 생애는 풍경화로 시작하여 풍경화로 끝난다. 천생 풍경화가라고 말해도 좋을 정도다. 그가 제작했던 풍경화 판화집은 큰 인기를 얻어서 좋은 수입원이 되어주었다.

1820년 무렵 이후, 즉 40대 중반 이후부터 작품의 색채는 더욱 선명해지고 붓놀림은 점점 자유로워졌다. 그 결과 터너의 작품은 "대중이 점점 받아들이기 어려워졌다."(『태양과 바람과 비―풍경화의 성립과 전개』 전시 도록, 도치기현립미술관, 1992년)

유명한 사례로 「눈보라」를 들 수 있다. 터너는 이 작품을 그리기 위해 승조원에게 부탁해서 자신의 몸을 돛대에 묶었다고 한다. 장장 네 시간에 걸쳐서. 바닷바람의 진실을 온몸으로 포착해보고 싶어서였다. 소름 끼칠 만큼 무시무시한 화가의 집념이라고 말할 수밖에 없다. 터너의 표현은 현실의 재현을 철저하게 추구한 뒤, 그 영역을 뛰어넘어 거의 추상으로까지 근접해간다. 하지만 발표 당시 이 작품은 무척 좋지 않은 평가를 받았다. 어떤 사람은 "그저

터너, 「노럼 성의 일출」, 1845년, 캔버스에 유채, 테이트 브리튼, 런던.

비누 거품과 석회가 뭉친 덩어리 같다."라고 악평했다. 일반 '대중'
에게 받아들여지지 않았던 것이다. 깊은 상처를 받은 터너는 "대
체 바다를 뭐라고 생각하는 건가?"라고 푸념했다. 만년에 접어들
면서 화가는 더욱더 고독해졌고 그럴수록 세상과 타협 없이 괴팍
해졌다.

영국을 대표하는 위대한 풍경화가 터너와 컨스터블은 거의
동시대를 살았다. 그렇지만 두 사람의 작품이 주는 인상은 전혀
다르다. 컨스터블을 정靜, 평화, 조화라고 한다면, 터너는 동動, 투
쟁, 혼돈이다. 전자를 삶이라고 한다면 후자는 죽음이다. 어째서
이렇게까지 대조적일까 하는 생각이 들 정도다. 나에게 컨스터블
이 '마음에 드는' 화가라면, 터너는 '마음을 술렁이게 하는' 화가
다. 그래서 더욱 터너에게 끌린다.

파리에서 열렸던 터너 회고전을 봤을 때 눈 딱 감고 두툼한
도록을 샀는데, 지금 꺼내보니 같이 받았던 간략한 해설 책자가
사이에 끼워져 있었다. 35년만이다. 순간 시공을 뛰어넘어 그랑
팔레에서 돌아와 싸구려 호텔방에서 이 소책자를 펼쳤던 서른두
살의 나 자신이 되살아났다. 다시 훑어보니 터너를 베토벤과 비교
하여 서술한 글이 있다. 당시는 딱히 마음에 두지 않고 넘어갔던
부분이다.

터너, 「청황색 말을 탄 사신」, 1825년경, 캔버스에 유채, 테이트 브리튼, 런던.

터너와 베토벤? 잠시 의아한 생각이 들었지만, 분명 일리 있는 말이다. 1770년에 태어나 1827년에 사망한 베토벤도 터너와 거의 동시대인이라고 말할 수 있다. 베토벤은 18세기 고전주의의 전통에서 출발했으면서도 이를 혁신하여 나폴레옹전쟁의 소용돌이 속에서 영웅적 낭만주의의 정신을 길러냈다. 1808년에 완성된 교향곡 제6번 「전원」은 컨스터블과 터너를 동시에 떠올리게 한다고 해도 좋을 듯하다. 제1악장 「전원에 도착했을 때 생긴 유쾌한 감정의 눈뜸」, 제2악장 「시냇가의 정경」은 틀림없이 컨스터블이겠지만, 제4악장 「뇌우, 폭풍」에서는 터너가 떠오른다. 베토벤은 「전원」에 대해 "회화적 묘사가 아니라 감정의 표출"이라고 강조했다. 베토벤이 활동하던 당시 자주 만들어졌던 자연묘사 음악에 대한 안티테제라고도 말할 수 있다. 터너의 풍경화와 일맥상통한다고 생각해도 좋을까.

죽음의 그림자

터너의 작품에는 죽음의 그림자가 드리워져 있다. 예를 들면 「청황색 말을 탄 사신」이 그렇다. 그림의 주제는 「요한계시록」 제6장

터너, 「해체를 위해 정박지로 예인되는 전함 테메레르」,
1839년, 캔버스에 유채, 내셔널 갤러리, 런던.

에서 가져왔는데 내용은 대략 이렇다.

> 어린 양이 네번째 봉인을 떼었을 때, 청황색 말이 나타났
> 다. 그 위에 타고 있는 기사는 '죽음'이라는 이름을 가진 자이
> 며, 지옥이 그 뒤를 따르고 있었다. 그에게는 땅의 4분의 1을
> 지배하는 권한, 즉 칼과 기근과 죽음, 그리고 땅의 짐승들을
> 가지고 사람을 멸하는 권한이 주어졌다.

「요한계시록」은 18세기 말에서 19세기 초반에 걸쳐 신고전주의
화가들이 종종 다루었던 주제다. 터너의 작품에서는 말의 등 위
에서 몸을 젖혀 위를 바라보는 해골의 무시무시한 모습은 물론이
거니와 아예 배경 속으로 녹아들어간 듯 그림자로만 어렴풋이 떠
오르는 말의 표현에서 과연 대가다운 뛰어난 착상과 기법의 묘미
가 드러난다. 그러나 터너의 작품 가운데 이렇게 전면적으로 드러
난 죽음은 오히려 예외적인 사례에 속한다. 이 작품을 발표하기
한 해 전, 터너는 존경하는 아버지를 '죽음'에게 빼앗겼다.

죽음에 관한 은유로서 더욱 대표적인 작품은 「해체를 위해
정박지로 예인되는 전함 테메레르」다. 거울처럼 잔잔한 해면, 핏
빛 노을에 물든 하늘, 저 멀리 가라앉는 석양, 그리고 낡아서 해

터너, 「평화─수장」, 1842년, 캔버스에 유채, 테이트 브리튼, 런던.

체될 전함을 예항하는 검은 증기선. 이 모든 소재는 죽음으로 수렴해가는 미의식으로 관철되어 있다. "작은 악마와 같은 증기선은 불결하고 꺼림칙하며, 작열하는 불길한 연기를 자욱하게 토하는 중이다." 이 그림을 본 후 작가 윌리엄 새커리^{William Makepeace} ^{Thackeray}(1811~1863)가 남긴 말이다. 증기선은 「비, 증기, 속도」에서 그렸던 질주하는 증기기관차와 마찬가지로 당시 최첨단을 달리던 기술이자 산업혁명과 근대화의 상징이기도 했다.

기관차는 진보와 발전의 상징으로 여겨졌지만 증기선은 쇠퇴와 죽음의 은유다. 터너가 의도했는지 아닌지는 차치하더라도 이 작품에는 근대라는 시대가 지닌 이중성이 드러난다. 근대는 '죽음의 시대'로 향하는 시기였다. 인류는 어둡고 불길한 배에 이끌려 세계대전과 대량 살육을 일으킨 '죽음의 시대'를 향해 가고 있었던 것이다. 이러한 시대는 지금까지 이어지고 있다.

또 다른 작품 「평화—수장」을 보자. 이 그림은 일찍부터 터너의 라이벌이기도 했던 화가 데이비드 윌키^{David Wilkie}(1785~1841)를 추모하기 위해 그린 것이다. 윌키는 중동에서 귀국하던 도중 배 위에서 사망해 지브롤터 바다에 수장됐다. 이 그림에 대해 "너무 어둡다."라는 비판이 있었지만 터너는 "나는 어떤 색을 써서라도 이 돛을 어둡게 그리고 싶었다."라고 응수했다고 한다. 바로 이

터너, 「바다 위의 어부(코름리 바다 풍경)」, 1796년, 캔버스에 유채, 테이트 브리튼, 런던.

런 작품에서 터너다운 개성, 다시 말해 인상주의와 상징주의를 먼저 성취했던 혁신성과 '비극과 죽음'에 이끌린 낭만주의적 감수성이 잘 드러난다.

지금까지 이야기한 작품은 모두 후반기에 제작되었지만 터너의 그림을 뒤덮은 죽음의 그림자는 무척 이른 시기부터 나타났다. 「전함 테메레르」보다 40년 이상 앞선, 아직 스물한 살의 터너가 로열 아카데미에 제출했던 최초의 유화 「바다 위의 어부(코름리 바다 풍경)」에는 그의 라이트모티프(되풀이해서 나타나는 주된 주제)가 드러난다. 어두운 구름 사이에서 반짝이며 바닷물 위를 비추는 달, 달빛을 반사하며 크게 넘실거리는 해면, 파도에 휩쓸려 전복될 것 같은 조각배. "이 작품은 압도적인 우세를 과시하는 자연과 싸워야 하는 인간의 운명이자, 그의 견해에 따르면 결국 패배로 끝나버릴 '덧없이 반복되는 희망'에 불과한 싸움을 그린 셈이다."(존 워커, 『세계의 명장 시리즈—터너』, 미술출판사, 1977년)

스물한 살이라니……. 이 그림을 그린 화가의 나이가 나도 모르게 나 자신을 떠올리게 만들었다. 스물한 살의 나는 도쿄의 어느 사립대학 불문학과에 적을 둔 학생이었다. 한국에 유학 중이던 두 형은 그보다 한 해 전에 체포되어 옥에 갇혔고 서울에서 군사재판을 받고 있었다. 한편 일본에서 학생운동의 시대가 저물면서

Keats Grove Hampstead

The National Gallery

Tate Britain

주변에서는 평범한 일상 같은 것이 부활했다. 학우 몇 명은 프랑스로 유학을 떠나기도 했지만 나에게는 이루지 못할 꿈이었다.

"나는 스무 살이었다. 그때가 인생에서 가장 아름다운 나이라는 따위의 말을 한다면 누구든 가만두지 않으리라." 폴 니장^{Paul} ^{Nizan}(1905~1940)의 소설 『아덴 아라비아』에 등장하는 이 구절이 당시 내 마음에 간직해둔 좌우명이었다. 니장은 1926년 엘리트로서의 보장된 지위에 등을 돌리고 아덴으로 떠나 이 문제작을 남겼다. 나는 어디로도 떠나지 못한 채 일본 사회의 한구석에서 울분에 차 있었다. 출구 없는 심정을 니장처럼 작품으로 형상화할 방도도 실력도 나에게는 전혀 없었다. 겨우 10여 년 후에야 처음으로 유럽 여행을 떠나 예전에 니장이 살았던 거리, 파리의 카르티에 라탱에 섰다. 그리고 그 여정의 끝에서 터너와 마주했다. 대체 어떤 울적함과 야망이 젊은 터너에게 '희망의 덧없음'이라는 상념을 품게 만들었으며, 결국 이 작품 「바다 위의 어부」를 그리게 했던 것일까.

미술사학자 존 워커$^{John Walker}$(1938~)는 컨스터블과 터너를 솜씨 좋게 대비한 적이 있다. 매우 흥미로운 서술이기에 조금 길지만 소개해보려 한다.

터너, 「자화상」, 1799년경, 캔버스에 유채, 테이트 브리튼, 런던.

터너의 부친은 이발소에서 가발을 만드는 직인이었다. 젊어서부터 무일푼이었던 터너는 혼자 힘으로 살아나가야만 했다. 로열 아카데미 준회원이 된 것은 그 자격을 얻을 수 있는 최소 연령이던 24세 때였다. 그리고 4년 후 정회원의 자리에 앉았다. 회원으로 선출되기 위해 아첨이나 애원도 서슴지 않았고 자기가 그린 수채화를 뇌물로 건네는 일까지 주저하지 않았다. 1851년에 사망한 터너가 남긴 재산 가치는 14만 파운드로 평가받았는데 당시로서는 무척 큰 액수였다. 한편 컨스터블은 유복한 제분업자의 아들로 태어났다. (……) 컨스터블이라고 로열 아카데미의 회원이 되기를 바라지 않았을 리 없다. 아카데미에 들어가면 후원자를 찾기도 쉬웠다. 하지만 콧대가 높았던 컨스터블은 다른 화가들처럼 투표를 간청하는 일은 할 수 없었다. 그 탓에 마흔셋이 될 때까지 아카데미의 준회원에조차 뽑힐 수 없었다. 그리고 정회원이 되기까지 단 한 표가 부족해서 그 후로도 10년이라는 시간을 더 기다려야 했다. 자신만만하고 거만했던 터너가 정치적으로 급진파였고, 상속받은 재산에만 의지할 수밖에 없었던 컨스터블이 극단적인 보수파였다는 점도 중요한 의미가 있다. (……) 두 사람은 성격도 인품도 대조적이었다. 컨스터블은 정직하

존 컨스터블, 「자화상」, 1806년, 종이에 연필, 테이트 브리튼, 런던.

고 세련되었지만 매우 보수적이었다면, 터너는 윤리 감각
이 결여된 듯했고 야비한 면도 있었으며 예의가 없기까지 했
다.(존 워커, 『세계의 거장 시리즈—컨스터블』, 미술출판사, 1979년)

이 글이 묘사하는 터너의 인물상은 한마디로 '보기 싫은 놈'이다.
좋게 말한다 해도 '기인' 정도로 표현할 수 있을까. 찰스 디킨스나
빅토르 위고의 소설 속 인물을 방불케 한다.

2014년에는 「미스터 터너」라는 전기 영화가 개봉했다.(일본
에서 개봉 당시 제목은 「터너, 빛에 사랑을 담아」) 감독과 각본은 마이
크 리Mike Leigh(1943~)가 맡았고, 제67회 칸영화제 공식 경쟁 부문
에 출품되어 괴팍한 노인의 터너 역으로 호연을 펼친 티모시 스폴
Timothy Spall(1957~)이 남우주연상을 받았다.

영화는 터너의 후반생을 거의 충실하게 그려낸다. 아버지 윌
리엄은 터너에게 큰 영향을 미쳤고 어머니 메리는 젊은 나이에 정
신병원에서 숨졌다. 터너는 평생 한 번도 결혼하지 않았지만 두 명
의 연인을 만났다. 하지만 첫번째 연인 한나 던비 사이에서 낳은
아이를 인정하려 하지 않았다. 영화에서는 터너가 가명을 써가
며 해변의 작은 민가에 드나들면서 그곳 여인과 깊은 관계를 맺었
다고 그렸지만, 어디까지 사실에 기초했는지는 정확하지 않다. 다

존 필립, 「터너의 초상」, 1850년경, 종이에 수채, 내셔널 포트레이트 갤러리, 런던.

만 만년의 터너에게 인간 혐오와 은둔자 기질이 있었던 점만은 확실하다. 이 영화는 적잖이 희화화한 경향이 있으나 터너의 기벽을 나름대로 잘 전달했다는 생각이 든다.

어떤 울분과 야망이 터너를 그토록 밀어붙였던 걸까? 내 상상은 그의 성장 배경, 특히 어머니와의 관계로 향한다. 터너는 코번트가든에 있는 이발소 집 아들이었다. 결코 상류계급이나 부유층 시민이 아니었다. 이러한 출신 배경을 지닌 이들 가운데 예외적인 재능을 부여받은 자만이 '출세'를 하고 사회적으로 인정받아 로열 아카데미 회원이 될 수 있었다. 당시는 견고한 신분사회가 동요하기 시작하면서 그렇게 아주 적은 가능성이 싹트던 시대였을 것이다. 마부의 아들이었던 키츠도 사정은 다를 바 없었다.

터너의 아버지는 아들의 재능을 일찍부터 알아차리고 출세를 응원했다. 아들 역시 기대에 부응하고자 부단히 솜씨를 연마했다. 하지만 터너의 어머니는 정신질환을 앓던 사람이었다. "그의 모친은 무척 신경이 날카로운 사람이었는데 정도가 너무나 심했기에 결국(1800년) 병원으로 이송될 수밖에 없었다. 어머니는 평생 아들을 성가시게 여겼고, 아들도 어머니에 대한 이야기가 나오면 언제나 화를 냈다. 양친의 불행한 결혼생활은 그에게 큰 상처를 입혔음이 틀림없다."(존 워커, 『세계의 명장 시리즈—터너』, 미술

터너, 「노예선—다가오는 태풍」, 1840년, 캔버스에 유채, 보스턴 미술관, 보스턴.

출판사, 1977년)

    터너의 가족사는 밤바다에서 이리저리 떠밀리는 작은 조각배를 연상케 한다. 강풍과 거친 파도는 어머니를 비유한 것이리라. 이는 저항하기 힘든 인간의 운명이자 "결국 패배로 끝나버릴 '덧없이 반복되는 희망'에 불과한 싸움"인 셈이었다. 다만 순수하게 화업을 연마하는 일만이 터너가 손에 움켜쥘 수 있는 생명의 끈이 아니었을까. 그 생명선은 결국 지위와 큰 부를 안겨줬지만 만년의 터너는 재산에 대한 집착이 없었다고 한다. 그는 후진 양성에 뜻을 두었고 자신의 작품을 정리하여 내셔널 갤러리에 기증하기를 소망했다. 하지만 터너가 죽은 뒤 으레 벌어지는 유산상속 분쟁으로 인해 번거로운 절차와 오랜 시간이 필요했던 점은 아이러니한 일이다.

노예선

마지막으로 딱 한 작품만 더 다뤄보겠다. 「노예선—다가오는 태풍」이다. 보스턴 미술관에 소장되어 있어서 실물을 보지는 못했다. 어떤 평론가는 바다 풍경이 보여주는 "황금 빛"과 "선혈과도

노예선 종호 학살 사건을 묘사한 판화.

같은 광채"에 대해 이야기하지만, 나는 아쉽게도 그 빛에 관해 말할 수가 없다. 실로 여러 화집과 도록을 통해 그림을 봤지만 책마다 색조 차이가 너무 심했기 때문이다. 터너의 미묘한 색채를 도판으로 재현하기란 불가능하지 않을까 생각될 정도였다.

이 그림은 무시무시한 주제를 다루고 있다. 몰아치는 폭풍우 속에서 노예선에 탄 흑인 노예들이 거친 바다로 내던져지는 광경이다. 괴물과도 같은 물고기 떼가 가련한 희생자를 덮치고 있다. 마치 악몽과도 같은 장면이지만 실제 있었던 사건에 기반해 묘사한 작품이다.

정치적으로는 '급진파'이며 노예제 폐지론자였던 터너는 1839년 토머스 클라크슨Thomas Clarkson(1760~1846)의 『노예 매매 폐지의 역사』를 읽었던 듯하다. 책에 등장하는 '노예선 종호의 학살 사건Zong massacre'을 다룬 글에서 촉발되어 이 그림을 제작한 후 로열 아카데미 전람회에 출품했다. 런던에서 처음으로 '세계 노예제 반대회의'가 개최되기 한 달 전의 일이었다. 노예무역이 공식적으로는 금지된 후였지만 실제로는 밀무역이 끊이지 않던 시대였다.

'대서양 삼각무역'은 영국에 막대한 이익을 가져다줬다. 상인들은 브리스틀이나 리버풀 같은 항구에서 영국 제품을 배에 싣고 서아프리카로 가져가 팔거나 노예와 교환했다. 그리고 서인도 제

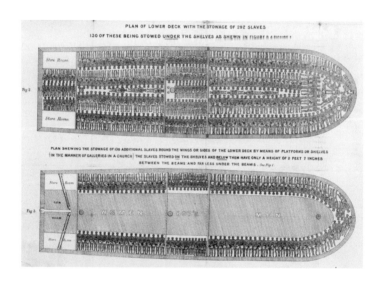

노예선의 내부 구조도. 흑인 노예들을 어떻게 이송해왔는지를 보여준다.

도의 영국 식민지나 다른 카리브해 제국 혹은 북아메리카의 농장 주에게 노예를 팔았고 럼주나 설탕과 교환하여 돌아왔다. 오랜 기간 왕실도 특별 허가를 내려서 이 삼각무역을 공인해왔다.

1781년에 일어난 '종호 학살사건'이란 영국의 노예선 종호의 선원이 아프리카 출신 노예를 배에서 바다로 집어던져 죽인 사건이다. 이 사건으로 노예 총 132명이 사망했다. 노예에게는 보험이 들어 있었기 때문에 배의 소유주는 보험금 지불을 요구하며 재판을 신청했다. 종호 측은 이 사건의 원인이 식수 부족 때문이었으며 노예가 전멸하는 것을 방지하기 위해 노예를 '투하'해서 처분했다고 주장했다. 이 사건은 건강이 나빠진 노예를 바다에 버렸을 때 보험 대상이 될 수 있느냐 하는 점이 분쟁이 되었다. 초심은 보험회사가 졌지만 재심에서는 보험회사의 역전승으로 끝났다. 최종심은 노예는 가축과 마찬가지로 소유물이며, 따라서 보험회사는 보상금을 지불할 의무가 있다는 판결을 내렸다. 종호 사건은 노예제도의 비인도성에 대한 사회의 관심을 불러일으켜 1780년대 후반 이후 활발한 노예 폐지 운동으로 이어졌다.

1807년 영국 의회에서 노예무역법이 성립되어 대영제국의 모든 노예무역에 위법 판결이 내려졌다. 하지만 처벌은 완화되었기 때문에 노예무역은 여전히 지속되었다. 영국 해군에 체포될 위

노예 폐지 운동을 상징하는 그림.

기에 처했던 선장은 벌금을 줄이기 위해 때때로 노예를 바다에 던져버렸다.

"파도가 실어다준 것은 뱃머리로부터 떠밀렸던 내 형제자매들의 잃어버린 혼이다." 앞서 소개했던 흑인 여성 아티스트 잉그리드 폴라드의 이 말은 '비유'가 아니다. 바로 이와 같은 역사적 '사실'을 배경으로 한다.

일설에 따르면 대서양 노예무역의 지속 기간은 300년, 노예가 된 서아프리카인의 수는 1200만 명, 아프리카에서 서인도 제도로 항해하던 중 목숨을 뺏긴 노예는 125만 명에 이른다고 한다. 노예제도 폐지와 함께 서인도 제도의 농장 소유주에게는 총액 2000만 파운드의 보상금이 지급되었지만, 해방된 노예에게 지불된 보상금은 제로였다. 바꿔 말하면 영국은 노예가 흘린 피를 마시며 살찌워갔던 셈이다.

2007년 노예무역금지법 통과 200주년 기념식이 엘리자베스 여왕과 토니 블레어 총리 등 고위 관료가 참석한 가운데 런던 웨스트민스터 사원에서 열렸다. 그런데 기념식이 한 흑인 남성의 항의로 일시 중단되었다. 일본에 있었던 나는 텔레비전을 통해서이긴 했지만 그 장면을 확실하게 목격했다. 잊을 수 없는 장면이었다. 마른 몸의 그가 엄숙한 분위기의 식장 가운데로 걸어나와 여

2007년 노예무역금지법 통과 200주년 기념식에서 한 흑인 남성이 1인 시위를 하고 있다.

왕을 비롯한 단상 위 고위층을 향해 이야기를 시작했다. 결코 격앙된 어조는 아니었다. 바로 경비원에게 제압당하면서도 당당한 발언을 멈추지 않았다. 그가 끌려나간 후 아무 일도 없었다는 듯 기념식은 담담하게 이어졌다. '그야말로 영국이다.'라고 생각했다.

'도의적 책임'에 관해서는 애매하고 넌지시 언급하지만 법적 책임이나 공식 사죄에 대해서는 철저하게 거부한다. 이것이 현시점에서 전 세계 옛 식민지 종주국이 견지하고 있는 공통된 태도다. 아시아 침략에 대한 일본의 자세 역시 마찬가지다. 블레어 정권은 "영국은 노예무역에 대해 '깊은 비통함과 유감의 뜻을 표명'한다."라고 성명을 발표했지만 공식적으로 '사죄'한다는 언명은 없었다. "완전하고도 공식적인 사과를 해야 한다."는 목소리가 영국 국교회 지도부와 아프리카계 영국인 일부로부터 제기됐다. 여러 인권 단체 사이에서도 일련의 200주년 기념행사는 기만적이라고 강한 불만이 오갔다. 백인의 공적에 초점을 맞추면서 노예제에 저항했던 흑인의 역할을 경시했으며, 왕실 역시 오랜 시간에 걸쳐 노예무역을 비호했다는 비판이었다. 기념 의전에서 1인 시위를 통해 항의했던 그 사람도 아마 이러한 점을 호소했을 것이다.

터너는 왜 「노예선」을 그렸던 걸까. 물론 인도주의 정신과 자신의 정치적 신조를 완수하려는 행위였으리라. 노예제 옹호론자

테이트 브리튼.

와 대비한다면 그의 인도주의는 대단히 긍정적으로 평가해야 함이 틀림없다. 다만 어디까지나 시대적인 제약과 대영제국의 신민(요컨대 오랫동안 노예제의 혜택과 수익을 누린 자)이라는 틀 안에서였다. 한편 「노예선」을 바라보는 다음과 같은 또 다른 시선도 있다는 점 역시 기억해둘 만하다. "터너는 분명 흑인의 고통 그 자체보다 이토록 비극적 사건을 관련지어야만 훌륭한 바다 풍경화를 그릴 수 있으리라는 가능성 쪽에 무게를 두었다."(존 워커, 앞의 책.)

제작 동기는 인도주의였을까, 아니면 화가로서 지닌 욕망이었을까. 어느 쪽이라고 여기서 확정할 수는 없지만, 내 개인적인 견해는 후자 쪽으로 기운다. 그렇다고 터너를 비난하려는 의미는 아니다. 정치적 신조는 어찌 되었든 그는 예술가로서 단호히 행동했다. 좋건 나쁘건 '뼛속까지 화가'였다.

터너의 작품을 가장 풍부하게, 그리고 가장 체계적으로 소장하고 있는 곳이 테이트 브리튼이다. 이 미술관은 설탕 정제 사업으로 부를 축적한 리버풀의 부호 헨리 테이트 경이 자신의 회화 컬렉션을 1889년 내셔널 갤러리에 기증함으로써 만들어졌다. 이렇게 풍요로운 컬렉션과 미술관도 근원을 밝혀보면 노예제와 결부된 대서양 삼각무역이 가져다준 결실인 셈이다. 역설적이라고 해야 할까, 아니면 '그야말로 영국적'이라고 해야 할까.

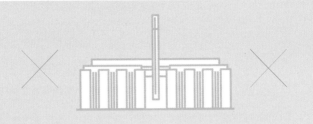

6장

케임브리지 2

레이의 웃음

터너와 관련해서 또 한 가지 이야기해두고 싶은 주제가 있다. 영국에는 '터너상^{Turner Prize}'이라는 미술상 제도가 있는데 요즘은 젊은 아티스트의 등용문처럼 여겨진다. 실제로 과거 수상자 명단을 훑어보면, 1986년 길버트와 조지^{Gilbert Proesch}(1943~), ^{George Passmore}(1942~), 1989년 리처드 롱^{Richard Long}(1945~), 1991년 애니시 커푸어^{Anish Kapoor}(1954~), 1995년 데미언 허스트^{Damien Hirst}(1965~) 등 현재 전 세계를 누비며 활약하는 아티스트의 이름이 줄을 잇는다. 데미언 허스트는 절단된 소를 포르말린에 담근 작품으로 물의를 일으키기도 했던 작가다.

2001년 런던을 찾았을 때 나와 F는 테이트 갤러리에서 전시 중이던 그해 터너상 수상작을 보러 갔다. 수상자는 마틴 크리드^{Martin Creed}였다. 상을 받은 작품은 일본 언론에서도 이를 둘러싼 찬반양론을 소개했을 정도로 문제작이었다. 「작품번호 227―켜지고 꺼지는 불빛」. 제목 그대로 텅 빈 전시장의 조명이 5초 간격으로 점멸하는 게 전부인 작품이다. 일종의 미니멀 아트였지만 그다지 내 마음을 움직이진 않았다. 나의 눈길을 붙잡은 것은 오히려 후보작으로 올라 전시되었던 리처드 빌링엄^{Richard}

리처드 빌링엄, 「레이의 웃음」, 1996년.

Billingham(1970~)의「레이의 웃음」이었다.

　누워서 천장을 올려다보는 노인의 표정은 마치 철학자나 고매한 스님같이도 보인다. 하지만 실제 모델은 작가의 아버지인 알코올 중독자 레이먼드다. 양팔에 문신을 한 덩치 큰 여성은 그의 부인(즉 빌링엄의 어머니)이다. 부인에게 맞은 남편은 코피를 흘리며 나뒹군다. 잡동사니로 가득한 너저분한 방에는 개와 고양이가 어슬렁거린다. 혼란, 폭력, 그리고 진실……

　"아, 희망이라고는 어디에도 없구나……" 나는 빌링엄의 사진을 보고 단숨에 매료되었다. 이 또한 영국의 어떤 모습이다.

　그때 샀던 사진집의 뒤표지에는 작가의 다음과 같은 말이 적혀 있었다.

　　이 사진집은 내 곁의 가족에 관한 것이다. 아버지 레이먼드는 알코올 중독자. 집 밖으로 나가는 것을 좋아하지 않고, 거의 (싸구려) 자가 양조주를 마시면서 대부분의 시간을 보낸다. 어머니 엘리자베스는 술은 거의 마시지 않지만 골초다. 그녀는 애완동물과 집을 꾸미는 장식물을 좋아한다. 1970년에 결혼한 두 사람은 바로 나를 낳았다. 동생 제이슨은 열한 살 때 보호시설로 보내졌지만 지금은 부모 곁으로 돌아왔다. 얼

리처드 빌링엄, 「레이의 웃음」, 1996년.

마 전 제이슨은 아버지가 되었다. 레이는 말한다. "제이슨은 감당할 수 없는 놈이야."라고. 제이슨도 말한다. "레이를 보면 웃음이 나. 하지만 아버지처럼 되고 싶진 않아."

뒤표지에 함께 실린 로버트 프랭크Robert Frank(1924~)의 글귀처럼 이 영국인 가족의 사진에는 판단이나 도덕성이 개입할 여지가 없다. 현실감이 있을 뿐, 겉치레라고는 전혀 찾아볼 수 없다.

1970년에 이 작가가 태어났고 그로부터 9년 후에 '철의 여인' 마거릿 대처 정권(1979~1990)이 탄생했다. 일찍부터 '요람에서 무덤까지'라고 일컬었던 고도 복지사회는 이 무렵 종언을 맞이하고 신자유주의 정책에 의해 전화, 가스, 공항, 항공, 수도 등 국영기업은 민영화의 길로 접어들기 시작했다. 노동조합의 영향력은 점차 약화되고 큰 폭의 증세가 강행되었다. 리처드 빌링엄은 바로 이러한 시대에 성장한 셈이다. 그의 작품은 대처 시대 영국의 자화상이기도 하다.

이렇게 '쿨Cool'한 작품을 제작한 작가도 대단하지만 터너상 후보로 노미네이트한 쪽도 만만치 않다는 생각이 들었다. 어떤 의미에서 보면 터너의 이름을 붙인 상에 걸맞은 작품이다.

그해의 영국 여행에서 돌아온 나는 2004년부터 일본에서 발

버지이나 울프.

행되는 잡지《세카이》에 「디아스포라 기행」이라는 에세이를 연재했다.(이후 이와나미신서로 출간되었고 한국에서도 번역되었다.) 집필하면서 「레이의 웃음」에 대해 언급하고 싶어서 도판 저작권 허가를 얻으려고 출판사를 통해 작가에게 연락을 취한 적이 있다. 하지만 원만히 진행되지 못했다. 대리인에 따르면 작가가 "인도인지 어딘지"에 가버려 연락이 닿지 않는다고 했다. 진위 여부는 알 수 없지만, 정말 이 작가답다는 생각이 들어 도판 게재는 깔끔하게 단념했다.

시간이 흐른 후에도 종종 '빌링엄의 가족'과 만나곤 했다. 예를 들면 도쿄 모리미술관에서 2013년에 열린 「LOVE―아트로 보는 사랑의 형태」라는 전시에서 오랜만에 이 영국 사진가와 재회했다. 영국은 지금(2019년 4월) 유럽연합 탈퇴를 둘러싼 분열과 대혼란 속에 있다. 서민의 고달픈 일상은 이어진다. 알코올 중독자 레이는 지금도 살아 있을까.

버지니아 울프의 죽음

이제 영국 인문 기행도 일단 펜을 놓아야 될 때가 온 것 같다. 마지

버지니아 울프와 레너드 울프가 살았던 몽크스 하우스.

막으로 미련처럼 마음에 남아 있는 인물에 대해 잠깐이나마 써두려고 한다. 버지니아 울프와 남편 레너드 울프에 관해서다.

영국 기행을 시작하면서부터 버지니아 울프에 대해, 특히 그녀의 죽음과 관련하여 글을 써보고 싶은 마음이 있었다. 케임브리지의 교외 그랜트체스터를 방문했을 때 그 생각은 점점 구체화되었다. 하지만 버지니아 울프의 죽음을 쓰기 위해서는 그녀가 몸을 던져 스스로 삶을 마감했던 우즈 강을 내 눈으로 직접 봐야겠다는 생각이 들었다. 그녀가 잠들어 있는 곳인 서섹스 주 로드멜 마을을 찾아가 버지니아와 레너드의 자택 몽크스 하우스를 보고 싶다는 마음도 점점 간절해졌다. 일정상 불가능하지는 않았다. 그렇지만 영국에 도착하니 출발 전 예정에는 없었던 텔레비전 다큐멘터리 취재와 인터뷰 요청이 들어왔다. 주제는 '동아시아 국제 관계와 역사 문제'. 썩 내키지는 않았지만 내가 맡아야 하는 역할이라는 생각이 들어 취재에 응했고 서섹스행은 포기할 수밖에 없었다. 하지만 결국 그 다큐멘터리는 방송되지 않았다. 아니, 정확히 말하면 방영되었는지 어땠는지 연락조차 받지 못했다.

일본에 돌아오니 다큐멘터리 프로듀서의 대리인이라면서 전화가 걸려왔다. 인터뷰에 응하는 출연자마다 화면 한쪽에 소속된 나라의 국기를 표시해서 내보내고 싶다고 했다. "당신의 경우

우즈강풍경.

한국의 태극기인지, 일본의 일장기인지"를 묻는 연락이었다. 분노를 억누르며 냉정히 대답했다.

"그 어느 쪽도 바라지 않는다. 재일조선인인 나는 어떤 한 국가를 대표하는 자로서 이야기한 것이 아니다. 그렇게 국가 대표 사이의 논쟁처럼 보이는 연출은 동아시아 국제 상황을 역사 문제를 통해 고찰하겠다는 프로그램의 취지에도 반한다고 생각한다."

상대방은 내 생각을 제작자에게 전달하겠다고 했지만 그 말뿐이었고, 이후로 어떤 연락도 없었다. 내가 말하고자 했던 뜻을 정확히 이해는 했을까. 프로그램은 제대로 방영되었을까. 아니면 내가 등장하는 부분만 편집되었을까. 아직 그런 기본적인 사항조차도 알지 못한다. 도리에 어긋난 일이다.

언제나 그렇지만 여행을 마칠 때면 '다음번에는 꼭'이라는 생각을 한다. 하지만 언제나 '다음번'은 좀처럼 쉽게 오지 않는다. 그런 탓에 버지니아 울프에 대해서는 여전히 여물지 못한 생각 그대로다. 설령 도중에 써두는 경과보고 정도라고 하더라도 무의미한 일은 아니라는 마음에 이 자리를 빌려 버지니아 울프에 대해 간단히 남기고 싶다.

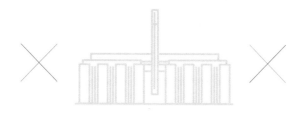

버지니아 울프는 1941년 3월 28일 금요일, 자택 근처의 우즈 강에 빠져 자살했다. 59세였다. 내가 읽은 버지니아 울프에 관한 몇 권의 책 가운데 가장 생동감이 넘치는 서술은 나이젤 니콜슨 Nigel Nicolson 의 『버지니아 울프: 시대를 앞서간 불온한 매력』, 푸른숲, 2006년)이다. 저자는 버지니아의 친구이자 애인이었던 여성 저술가 겸 원예가 비타 색빌 웨스트 Vita Sackville-West 의 아들이다. 그는 어려서부터 버지니아의 가족과 친교를 맺었던 사람이기도 하다.

나이젤에 의하면 3세기에 걸친 시간과 남녀의 성을 초월한 주인공의 이야기 『올랜도』는 버지니아가 비타 색빌 웨스트에게 바친 문학사상 가장 길고도 매력적인 러브레터다. 블룸즈버리 그룹은 남녀를 불문하고 성에 대해 진보적이었고 동성애적 관계라도 친밀한 우정의 연장선상에서 생각하고 있었기에 버지니아와 비타의 관계도 특별한 것은 아니었다. 그룹의 일원으로 경제학자였던 케인스 역시 동성애자였다.

나이젤 니콜슨은 버지니아의 최후를 다음과 같이 그려냈다.

레너드는 자서전에서 "1941년 새해 첫날까지도 어떤 조짐도 없던" 그녀가 "심각한 정신적 혼란의 첫 징후"를 보인 것은 1월 25일이었다고 썼다. 버지니아는 환청에 시달리기 시작

버지니아 울프와 레너드 울프의 약혼, 1912년.

했고 거의 아무것도 먹지 않았다. (……) 그녀는 자신이 다시 미쳐가고 있음을 직감했고 예전에는 어느 정도 휴식을 통해 치유된 적이 있다는 것을 알았지만, 이번에는 절대 회복하지 못하리라 확신했다. 살아남아 주변 사람들에게 짐이 될 바에야 정신이 말짱할 때 죽는 편이 나아, 라고 생각했다. 하지만 이런 상황을 상담할 수 있는 사람은 없었다.

버지니아는 3월 18일에 처음으로 자살을 기도했다. 그때 남편 레너드에게 남긴 유서는 "사랑하는 당신에게. 내가 다시 미쳐가고 있다는 걸 느껴요."라고 시작한다. "나는 더 이상 싸울 수가 없어요. 내가 당신의 삶을 망가뜨리고 있다는 걸 잘 알아요."라고 한 뒤 "세상 누구도 우리 두 사람만큼 행복할 수 있다고 생각하지 않아요."라고 끝맺는다. 유명한 유서다.

다만 이때 버지니아는 자살에 실패하고 흠뻑 젖은 채 집으로 돌아와 실수로 웅덩이에 빠졌다고 거짓말을 했다. 그후 열흘이 지난 3월 28일 정오 무렵, 집에서 반 마일 떨어진 우즈 강까지 걸어가 "모피 코트 주머니에 돌덩이를 쑤셔넣고 물속으로 향했다. 수영을 할 줄 알았지만 물에서 떠오르지 않으려고 애를 썼다. 분명 끔찍한 죽음이었을 것이다."(나이젤 니콜슨, 앞의 책.)

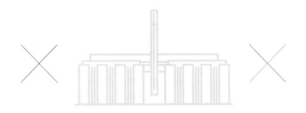

이 전설적인 자살 장면은 마이클 커닝엄^{Michael Cunningham}
(1952~)의 소설을 영화화한「디 아워스」(스티븐 달드리 감독, 2002년)
에서도 그려진 바 있다. 물에 빠지는 버지니아 울프 역을 니콜 키
드먼이 연기해 아카데미 여우주연상을 받았다. 나도 영화의 이 장
면에 얼마간 영향을 받아 버지니아 울프의 죽음에 매료되었는지
도 모른다.

내 마음을 끌어당겼던 자살자들은, 예를 들면 토리노의 자
택 아파트 4층에서 몸을 던진 아우슈비츠의 생환 작가 프리모 레
비, 파리 센 강 미라보 다리에서 삶을 마감한 파울 첼란, 망명지 브
라질 리우데자네이루 교외에서 약물로 목숨을 끊은 슈테판 츠바
이크^{Stefan Zweig}(1881~1942) 같은 이들이다. 앞의 두 사람이 생을 마
감한 현장에는 직접 가봤지만 브라질까지는 아직 가보지 못했다.
나는 이들이 패배자라고 생각하지 않는다. 이들의 자살은 생물학
적인 생명 이상의 무언가에(이를 '이상'이나 '주의'라고 하든, 혹은 '미
학'이라 부르든) 충실하고자 했던 결과라고 생각하는 것이다.

슈테판 츠바이크와 마찬가지로 나치즘으로부터 힘겨운 망
명생활을 보냈던 토마스 만은 츠바이크의 자살을 깊이 애석해했
다. 하지만 그런 한편 츠바이크가 나치즘의 대두와 함께 "우리의
세계는 사라져간다."라고 글로 남긴 일에 대해서 "스러져가는 것

버지니아 울프와 레너드 울프.

이 나의 세계라고 인정할 수 없다."라고 단언하며 츠바이크의 죽음을 "어리석고 유약하고 부끄러워해야 하는" 일이라고 잘라 말했다.(이케우치 오사무, 『싸우는 문호와 나치 독일』, 주코신서, 2017년)

이처럼 어려운 문제에 마음을 빼앗긴 후, 나는 버지니아 울프의 죽음이라면 어떻게 이야기할 수 있을까 하는 생각을 하기 시작했다. 앞서 말한 영화 「디 아워스」에서는 '유대인 문제'가 명시적으로 드러나지는 않았다. 무슨 이유가 있었을까. 하지만 유대인과 관련된 문제는 버지니아 울프의 죽음을 고찰하는 데 있어 하나의 중요한 요소라고 생각한다. 버지니아의 남편 레너드는 유대인이었다. 영국 상류사회에 존재했던 은밀한 반유대 정서에 관해서는 1장에서 영화 「불의 전차」를 예로 들어 언급했다.

1912년 버지니아는 레너드로부터 받은 첫번째 구혼을 거절했다. 이유는 자신에게 있는 정신적인 불안정함이 상대에게 짐이 될지도 모른다는 것이었다. 아울러 레너드에게 "당신이 강한 욕망을 지닌 사람이라는 사실에 때때로 분노를 느낍니다."라고 하며 "아마 당신이 유대인이라는 점도 여기 포함된 문제 중 하나일 거예요."라고 말했다. 버지니아는 아버지로부터 유대인에 대한 어떤 혐오감과 선입견을 물려받았다. 그녀가 여기저기 보냈던 편지에서는 '유대계 포르투갈인'에 대한 경멸과 혐오의 언어를 발견할

280

레너드 울프.

수 있다. 레너드와 결혼한 후 "상대가 유대인임에도 불구하고 결혼했다는 사실"을 자신의 명예이기라도 한 것처럼 남편의 유대인 혈통을 자랑했다. 레너드의 구혼을 받아들인 것을 친구에게 알리면서 이렇게 쓰기도 했다. "레너드 울프와 결혼할 거예요. 무일푼의 유대인이지요." 결혼 후에 버지니아는 레너드의 '욕망'에 응한 적이 없었다. 두 사람은 키스나 포옹을 하기는 했지만 "결혼 30년간, 부부관계가 거의 없었다는 것은 아마 사실이다. 레너드는 버지니아가 거부한 열정적인 사랑을 자신의 작품으로 승화시켰다." (나이젤 니콜슨, 앞의 책.)

이러한 점을 염두에 둔다면 "세계에서 가장 아름다운 유서"라고 일컬어지는 버지니아의 마지막 글도 조금은 복잡한 그림자를 드리우고 있다는 점을 알 수 있다. 나는 오히려 레너드라는 인물에게 끌린다. 재능 있는 작가이기도 했던 그는 제1차세계대전을 계기로 사회주의에 경도되어 노동당에서 국제 제국주의 문제에 정통한 서기 직책을 맡았다. 이후 국제연맹헌장의 초안을 쓰고 제언하기도 했다. 그런 상황 속에서도 정신적으로 병을 앓아 자살 미수를 거듭하는 아내에게 마지막까지 충실했던 삶이었다. 처절하다고까지 말할 법한 '사랑'의 형태라고 할까.

나이젤 니콜슨은 블룸즈버리 그룹에 대해 신랄한 비평적 견

블룸즈버리 그룹.

해를 펼친다. "미술이나 음악 같은 취미를 공유했던, 조금 격이 있는 공동체라고 말할 수 있지만, 과학이나 종교에 대한 무관심은 제1차세계대전이 터지자 참전 거부라는 태도로 연결되었다. 그들이 생각한 사회주의란 미적지근했으며, 자본주의 시스템의 존속이나 하층계급의 예속을 전제로 받아들였다. 버지니아가 말한 여성의 권익 옹호 역시 하층계급에게까지 두루 미친 것은 아니었다."(나이젤, 앞의 책.)

이렇게 이야기한 후 나이젤 니콜슨은 이 그룹의 긍정성은 각 구성원이 다양한 분야에서 '혁명'을 일으켰던 점이라고 서술한다. "처음으로 동성애를 정당하다고 여긴 사람들이다. 우정이 만들어낸 즐거운 결과물이었다. (……) 실제로 블룸즈버리가 남긴 최대의 유산은 이 같은 우정관이다." 버지니아와 레너드의 관계 역시 남녀의 성적 사랑이나 부부애와는 다른 차원, 바로 이러한 '우정관'을 구현했다고 말할 수 있을지도 모른다.

나치즘이 유럽 대륙에서 대두하자 스페인에서는 프랑코 정권이 승리하면서 파시즘의 위협이 점점 닥쳐왔다. 더 이상 히틀러를 그저 '미치광이 어린아이'라고 웃어넘길 수 없는 상황이었다. 블룸즈버리 그룹도 더 이상 '평화주의'를 이야기할 수 없게 되어 총을 들고 싸울 것을 선택해야 했다. 버지니아와 달리 레너드는

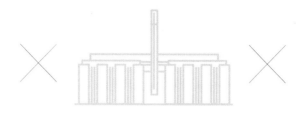

적극적인 항전론자였다. 제2차세계대전이 시작되자 독일군의 공습이 런던에도 자행되기 시작했다. 버지니아와 레너드의 자택이 있던 서섹스 주 로드멜은 영국의 지식인 사이에서 독일군의 첫 상륙지라고 예상했던 남쪽 해안의 항구 마을 뉴헤이븐 바로 근처였다. "만약 붙잡힌다면 레너드는 유대인이며 눈에 띄는 반나치 운동을 했기 때문에 부부는 함께 게슈타포에게 인권을 유린당하리라는 점을 알고 있었다. 그래서 두 사람 분의 치사량 모르핀을 상비하고, 독일군이 쳐들어온다면 자살할 수 있도록 창고에 가솔린을 준비해두었다. 하지만 두 사람 모두 동요 없이 차분했다."(나이젤 니콜슨, 앞의 책.)

실제로 레너드와 버지니아는 나치가 영국 점령 후에 구속할 대상자 리스트에 올라 있었다고 한다. 표면상 어떠했건, 이러한 긴장감과 버지니아의 자살이 관계없었다고 생각되지 않는다.

버지니아의 집안에는 정신병력을 가진 사람이 있었고 어린 시절에는 배다른 오빠들에게 성적 학대를 받아 오랫동안 트라우마로 남기도 했다. 그녀는 문학적으로 특이한 재능을 가졌으며 매우 강한 자의식의 소유자였다. 블룸즈버리라는 지식인 모임에서 여신처럼 숭배를 받았고 작가가 된 후는 기이할 정도의 집중력을 발휘해 집필에 몰두했다. 버지니아 울프의 자살은 가슴 아프지

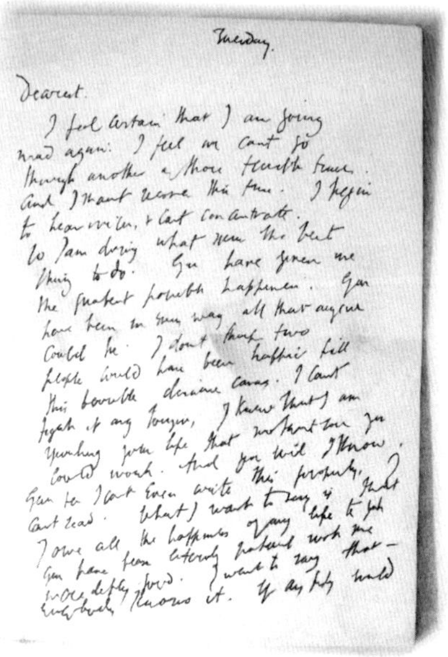

Tuesday.

Dearest.
I feel certain that I am going
mad again: I feel we cant go
through another of those terrible times.
And I shant recover this time. I begin
to hear voices, & cant concentrate.
So I am doing what seems the best
thing to do. You have given me
the greatest possible happiness. You
have been in every way all that anyone
could be. I dont think two
people could have been happier till
this terrible disease came. I cant
fight it any longer, I know that I am
spoiling your life, that without me you
could work. And you will I know.
You see I cant even write this properly.
I cant read. What I want to say is
I owe all the happiness of my life to you.
You have been entirely patient with me
& incredibly good. I want to say that –
everybody knows it. If anybody could

버지니아 울프의 자필 유서.

만, 세상에서 종종 일어나는 일이라고도 말할 수 있다. 자살이라는 사건 옆으로 여성차별과 인종차별, 게다가 파시즘의 위협이라는 보조선을 그어보면, 근대라는 시대에 '개인의 존엄'(그리고 이에 기초한 '자유'와 '우애')을 추구하던 사람들이 야비한 폭력에 의해 압살을 당해온 역사가 한눈에 떠오른다.

지금 우리는 어떤 시대를 살아가고 있을까. 미국과 유럽에서, 그리고 일본에서 목소리 높여 배외주의를 외치는 세력이 늘어가고 있다. 지금과 1930년대는 서로 닮았다. '이 시대의 버지니아'들은 여기저기의 절망 속에서 생명을 끊고 있을 것이다. 인간은 과거로부터는 배울 수 없는 존재일까. 쉽사리 대답할 수 없는 이 어려운 질문을 우즈 강변에서 생각하고 싶었지만 그 바람은 이루지 못했다.

레너드가 집으로 돌아왔을 때 서재에는 버지니아가 레너드에게 보낸 유서가 남아 있었다고 한다.

사랑하는 당신에게

내가 다시 미쳐가고 있다는 걸 느껴요. 우리는 다시 그 끔찍한 순간을 극복해나갈 수 없겠지요. 그리고 이번에는 회

Tate Modern

Monk's House

Double Decker Bus

복될 수 없을 것 같아요. 귓가에는 환청이 들리기 시작하고 도저히 집중할 수가 없어요. 그렇기에 나는 내가 할 수 있는 최선의 일을 하려고 해요.

당신은 내가 누릴 수 있는 최대한의 행복을 선사해주었지요. 당신은 누구도 대신할 수 없는 사람이었어요. 우리 두 사람은 더할 나위 없이 행복을 누렸어요. 이 끔찍한 병이 찾아오기 전까지는. 나는 더 이상 싸울 수 없어요. 내가 당신의 삶을 망가뜨리고 있다는 걸 잘 알아요. 내가 없어야 당신도 당신 자신의 일을 해나갈 수 있어요. 당신은 할 수 있을 거예요. 난 지금 이것도 제대로 쓰지 못하고 있잖아요. 읽을 수도 없어요. 다만 내가 말해두고 싶은 것은 내 인생의 모든 행복은 당신 덕분이라는 거예요. 당신은 한결같이 인내해주었고 믿을 수 없을 만큼 내게 따뜻했어요. 다른 모든 사람들도 잘 알 거예요. 만약 누군가 나를 구할 수 있었다면 그건 당신이었을 거예요. 나에겐 지금 아무것도 남지 않았지만 당신의 따뜻함만은 지금도 확신하고 있어요. 이제 더는 당신의 인생을 망치고 싶지 않아요. 세상 누구도 우리 두 사람만큼 행복할 수 있다고 생각하지 않아요.

—버지니아.

서경식 선생의 기행문 뒤에 덧붙이는 역자 후기도 나에게는 벌써 세 번째다. 으레 그래왔듯 선생은 과거의 기억을 불러오며 글을 시작한다. 소환된 장소는 2001년 9·11테러가 있었던 날 런던의 어느 낡은 호텔. 그 호텔의 11층 객실 창가에서 선생은 죽음, 특히 삶을 스스로 저버리는 행위에 대해 생각했다. 프리모 레비와 같은 작가를 동경하는 마음은 있지만, 그럼에도 불구하고 레비가 자살했다는 사실은 늘 머리에서 떠나지 않는다고 했다.(『디아스포라 기행』, 돌베개, 2006년) 그리고 14년이 지나 다시 찾은 영국에서는 버지니아 울프가 자살했던 우즈 강가에 관한 이야기로 끝맺는다. 다만 『나의 이탈리아 인문 기행』에서는 프리모 레비가 몸을 던진 아파트를 잊지 않고 찾아갔던 것과는 달리, 이번 『나의 영국 인문 기행』에서는 그녀가 익사한 우즈 강도, 자택인 몽크스 하우스도 갈 수 없었다. 발길이 닿지 못했음에도 저자는 이곳에 관한 글을 남겼고, 덕분에 우리는 영국의 어떤 곳보다 선연히 그 강물을, 그 심연을 떠올릴 수 있다. 기행문을 읽는 가치가 사유와 정념의 간접 체험임을 또 한 번 알려준다.

자신을 '매료'시킨(이렇게 말해도 좋을까.) 자살자에 대한 서경식 선생의 생각은 어쩌면 단호하다. "생물학적인 생명 이상의 무언가에 충실하고자 한 결과"이기에 "패배자가 아니"라는 것. 근대라는 시대가 개인의 존엄에 자행했던 폭력을 증언하고자 하는 행위로서의 죽음이라고 볼 수도 있겠다. "생명 이상의 무언가"는 지켜야 할 존엄이거나, 저자도 언급했듯 "자신이 충실하고자 하는 이상이나 주의, 미학"이다. 그러나 여기서 자칫하면 오해의 여지가 있을 수도 있다. 이슬람 원리주의의 자폭 테러범과 파시즘 체제 일본의 특공대원에게서 드러났듯, 지켜야 할 이상과 주의는 신과 국가라는 이름으로 언제든지 사람을 사지로 내몰고 또 이러한 행위를 찬미하기 때문이다.

그러나 서경식 선생이 자살을 '모조리' 부정하지 않는 이유는 '순교'라는 성스러운 수사와도, 자살은 곧 강요당한 죽음이라는 동정 어린 시선과도 관계가 멀다. 더 근원적이며 부조리한 인간이라는 존재, 즉 인간의 숙명과도 연결되는 문제이기 때문이다. 태어남을 원해서 이 땅에 온 것이 아니듯 죽음 역시 누구에게나 닥쳐온다는 사실, 그렇기에 신과 국가에게 내맡길 것이 아니라는 의미다. 즉 "수동태로서의 삶과 죽음을 능동태로 전환"하려는 "자기 생명의 주권자"가 펼친 정신적 독립에 대한 경의로서, 서경식의 자살관을 읽어야 할 듯하다. 이와 관련된 상세한 이야기는 소설가 다와다 요코多和田葉子와 나

눈 아름다운 서간집 『경계에서 춤추다』(서은혜 옮김, 창비, 2010년)에 담겨 있다. 일독을 권한다.

전작 『나의 이탈리아 인문 기행』에서 '이탈리아적' 성격을 인간에 대한 애증으로 빗대었다면, 영국이 주는 매혹은 양면성으로 짚어 될 수 있다. 해가 지지 않는 나라로 군림했던 대영제국이 빛과 그림자를 드리우며 해체되는 과정에서 보이는 양면성이라고도 하겠다. 케임브리지의 세인트 존스 칼리지 식당에서 만난 일본학 노교수 M과의 대화, 제국과 '놀고' 제국을 '놀리는' 나이지리아계 영국인 아티스트 잉카 쇼니바레와의 만남은 그러한 흥미로운 사례라고 할 수 있다. 이러한 양면성은 동쪽 끝에 위치한 나라에서 '포스트콜로니얼' 시대를 살아가는 우리에게도 시사하는 바가 클 것이다.

2019년 8월

최재혁

나의 영국 인문 기행

1판 1쇄 펴냄 2019년 8월 17일
1판 3쇄 펴냄 2023년 12월 20일

지은이 서경식
옮긴이 최재혁
펴낸이 박상준
책임편집 김희진
편집 최예원, 박아름, 최고은
펴낸곳 반비

출판등록 1997. 3. 24. (제16-1444호)
(우)06027 서울특별시 강남구 도산대로1길 62
대표전화 515-2000, 팩시밀리 515-2007

글 ⓒ 서경식, 2019. Printed in Korea.

ISBN 979-11-89198-89-3 (03800)